心の詩《うた》とのんきなあじさい

かば じゅん

はじめに

私は中学卒業後、岐阜県にある繊維工場に就職しました。そこで4年間働きながら定時制高校に通いました。

断ち難き進学の夢叶わずに旅立つ朝の雪の嵩《たか》さよ

そのときの心情を詠んだ歌です。故郷を離れる寂しさ、心細さが昨日のことのように思い出されます。

仕事はつらかったですが、学べることの喜びがありました。特に詩のサークルに入部したことで、気持ちが前向きになりました。

親友と呼べる友もできました。リーダーシップのある部長さんの存在が大きかったと思います。私たちは忌憚《きたん》なく心の内を詩に託し、文集を編み、舞台で朗読もしました。何より働く仲間たちの、共感と励ましが支えとなりました。

その頃の文集は、何度かの引っ越しの際、すべて紛失してしまいました。この詩文集は、新潟日報に投稿して採用された詩をまとめたものです。選者の八木先生には感謝の気持ちでいっぱいです。

詩と別に、第二部には私が初めて自費出版した『のんきなあじさい』を再録しました。こちらの童話も併せて読んでいただけたら幸いです。

目次

II

童話

I

詩

思い出

遠い日
母に負ぶわれて
ねんねこの中から
見た月は
空気を凍らせるほど
光り輝いていた
ふと
月を見ている母の背から
哀しみがお湯のように
胸に伝わってきて
怖かった

いつも陽気な母にも
人に言えない哀しみが

心の奥深くあって
こんな月夜の晩には
遠くまで歩かせ
しみじみ泣かせて
いるようだった
今もあの時の月が
空の梢に顔を出して
遠い昔を物語る

さくら

さくら　さくら
薄紅色の小さき花びら
春風に舞う
いと美しき日本の春は

あんな無骨なさくらの枝に
咲く花にしてこれ以上
美しきものほかに見られず

ふと足元に咲く花たちの
たんぽぽ　水仙　チューリップ
すがた愛らしき花たちは
どれも精一杯
大きな花を咲かせている

なるほどなあと感心する
花にもいろいろあるけれど
どれも自分らしさを
さりげなくアピールしている
花はみんな
神様の子供のようだ

峠の茶屋

昔からある峠の茶屋
鬱蒼とした樹木を縫って
選りすぐられた日差しが届く
山から続く川は雪解けの水が流れ
薄荷の香りが立ち込める

清水で冷やした真っ赤な西瓜
つるりと剝ける半熟卵
お箸が一本添えられた
塗りのお椀に心太

ふと
せみ時雨の向こうに
蹄の音

舞い上がる砂埃
草履を履き替える
旅人たちの姿が見える
川は山から里の方へと
絶え間なく流れ続ける
浅いところや深いところ
狭いところや広いところ
曲がりくねった場所もある
けれど
笑窪のように凹んだところでは
水はしばし中心に向かって留まる

峠の茶屋はそんな場所
澱のように沈んでいた人々の歴史が
渦巻く水に煽られて
束の間
浮かび上がって来たりする

蓮の花

実家に行った帰りの道で
道の両側に広がる蓮池を発見
始終通っていたはずなのに
今まで知らずにいたなんて
ぼんやりな私

ちょうど花の盛りで
柔らかそうなピンク色が
大きな葉っぱの間から
ちらほら見えている

地上は真夏の太陽が照り付け
燃えるような暑さだけれど
水の中はとっても涼しそう

蓮の花は
無心に空を見上げている
親に抱かれた赤子のように
護られて
愛されて
楽しい夢を見ているみたい

病院を出ると

病院を出ると
雨後の土の匂いがした
奉仕のおばさんたちが
せっせと草を抜いている
ギプスを嵌めた人
車いすの人
杖をついた人
病院着の人や夏服の人
出る人入る人
三々五々行き交って
ほかの場所にない緊張感が漂う
病院の内と外

私はふと

行き場を見失って
途方に暮れる
ただ通り過ぎる人たちは
一本の草よりも寂しい
漠とした寂寥感
湿った土の匂い
それにしても私は
私はたった独りで
何をしにどこへ行けば
いいのだろうか

流れる

小さな川のほとり
ぼうぼうとした草むらに
苔むした小さな墓石
そのむかし流浪の旅人が
最期の水を求めたところ
信心深い村人たちが
懇ろに葬ったところ
誰が植えたのか一本の桜
墓石に覆いかぶさるように
小枝を広げている
一年に一度
桜咲く季節が巡って来れば
思い出されもしたが
今では誰も知らないこと

いかに艶やかな桜さえ
やがては枝を離れ
流浪の旅に散って行く
冷たくもあり温かくもあり
すべては流れる川の如くに

蝙蝠

子供の頃
山仕事の際水汲みに行くのは
私の仕事だった
丈高い草木に覆いつくされた小道を
ブリキの水筒を肩にかけ
そろりそろりと歩く
（天の神様仏様どうかにょろにょろ出ませんように）と必死になって祈りながら

清水がこんこんと涌く泉は
真夏でも指先が千切れるほどに
冷たかった
その泉の奥には人がひとり
やっと通れるくらいの洞窟があって

父や兄弟たちと懐中電灯を持って
入ったことがあった
中はひんやりとしていて暗かった
水の流れをまたぎながら
油のようにぬらぬら滑る岩肌に
両手両足でつかまりながら
奥へ奥へと進むと
頭上で騒々しい物音がした
懐中電灯を向けると
大小の蝙蝠たちが天井に
びっしり張り付いていた
光に驚いた蝙蝠が騒ぎ立てながら
目の前に飛んでくる
その奇怪な姿に肝を冷やし
悲鳴をあげた日の事が
懐かしく思い出される

十月の晴れた日に

十月の良く晴れた日は
お日様に選ばれた一日だ
暑くもなく寒くもなく
明るく健やかな日差しに満ちている
群青色の空は
地上の雑多な音を
一切合切吸収してしまう
肉厚の護謨の絨毯
広々とした街中の公園には
三々五々人々が訪れ
思い思いに時を過ごしている
噴水が平和の象徴のように
勢い良く吹きあげ
色づき始めたポプラ並木を

水色の風が渡る
ここは
戦争や殺戮の絶え間ない地上から
ひょっこり浮かび上がった
天国に最も近い島
白い羽を広げて飛んで行く
あの鳥は
散歩に出かけた天使かも知れない

大晦日

一年の最後の日
買出しに向かう車中から
穏やかな日の光を受けて
田畑を覆いつくす雪がまぶしい

つと
雪原に立つ青鷺が
身じろぎもせず空を見上げている
まるで飛び立つ気配もなく
じっと佇んでいる
あるいは一年の終わりを告げる
天の声を聴いているのやも知れない

ふと

命あるものの悲哀が
厳しい自然と相まって
一幅の絵のような
厳かな雰囲気を醸し出す
つなぎのような暮らしの中で
自然は折に触れ
粋なドラマを見せてくれている

暮れの街はどこもかしこも
人であふれかえっていた
熱気と喧騒の渦の中
行き交う人々にぶつかりながら
常よりも値を上げた食材を
少し多めに調達すれば
今年最後の一日も
また足早に去ってゆく

ブナの林の中で

地下から地上へと
芽を出したブナの木が
最初に見たのは青い空だった
そのときから
空へ向かって伸びて行こうと
上へ上へと
更なる高みを目指して
伸びて行こうと心に決めた

ブナの木のてっぺんは
いつも風が吹いている
下から見上げると
透き通った葉脈が
血管のように見える

あれは
何かを必死で摑もうと
足搔き求める人間の手だ
ブナ林を散策すると
豊かな黄緑の葉っぱが
五月の陽光を遮って
心地良い日陰を作ってくれる
しだいしだいに
私も緑に染まって行くようだ
遠く近くに聞こえる鳥の声が
たおやかで透き通っているのは
春を迎えたブナの林に
瑞々しい生気が溢れているから

目を閉じると光の明滅のあとから
風に鳴る葉擦れの音が
讃美歌のように流れてくる

死んだ燕

夫が庭の土を掘って
死んだ燕を埋めた
心をかけて見守って
きたものだから
胸の潰れる思いがする
何度も巣から落ちて
その都度巣に戻してやって
額に付いた雀の羽を
取ってやって
なんとか巣立ってほしいと
祈るような気持ちでいたのに
今日やっと飛べるようになって
喜んでいたというのに
昼間松の木の下で遊んでいるのを

家の猫が捕まえて銜えて振り回し
殺してしまったらしい
思わぬ展開に驚き
猫の無情を憎みつつ
遣る瀬無い気持ちでいっぱいだ
私の日常はしばらく
あの庭の子燕のために
冷たい涙雨を
土の上に降り注ぐことになるだろう

夏の家

ごろんごろん
夏の茶の間に
転がっているのは
男たちとビール瓶
ごろんごろん
黒い狸の大鼾

台所で立ち働く女たちの
険しい眼からは
火花が散っておりますよ

はて
何やらきな臭い匂いが
漂って

外では
からんころんと風の音
あの生温い風には
男も女も無いでしょう
だったら私は風になりたい
風になって
ごんごん水車を回してみたい

コスモス

丘の中腹の
なだらかな斜面を登ると
色鮮やかなコスモスの群生が
今を盛りと咲いている
天気は上々だが
秋の風が肌寒く感じられるこの日
コスモス畑の周辺には
乳母車を押す若い夫婦
杖を曳くお年寄り
元気な子供たち
睦まじい恋人たち
いろんな人々が三々五々
行き交ってはいるが
広い敷地には喧騒を忘れた

静かな時間が流れている
ピンク　紫　黄色もあって
見事な美しさではあるが
コスモスはどことなく
寂し気な花だと思う
なぜだろう
線の細さからくるものか
寂しい秋の訪れを
告げるように咲くからか
冷たい風に吹かれているからか
そうしてじっと見ていると
ふいに私の胸の奥深く
強い望郷の念を抱きながら
異国の地に眠る人々の
帰りたいと言う声が
聞こえたような気がしたのだった

約束

寂しいときや
孤独に思うときは
胎児のように丸まって
そっと耳を澄ませてごらん
きっと優しい声が聞こえてくるよ
母体と胎児を繋ぐ臍の緒は
注連縄のように
太くて丈夫だから
母と子の絆もきっと強いはず

臍の緒は胎児が育つ
命の綱ではあるけれど
電話線でもあるんだよ
きょうは暑いねとか

元気で生まれてきてねとか
指を動かせるようになったとか
だいぶ大きくなったよとか
いろんな話をして
繋がっているんだよ

そうして人間としての
たいせつな約束をして
生まれてくるんだよ
きっと

でも寂しさに負けたり
孤独に耐えられなくなって
自滅してしまう人は
たいせつな約束さえも
忘れてしまった
心の弱い人なのだろうね

お腹のラッパ

ちょっと疲れたしんどい
横になって休もう
そのとたんグルグル
お腹が鳴りだした
あれどうしたことだろう
さっきご飯を食べたし
お腹が痛いわけでもないし
もしかしてお腹のラッパが
ひとりでに鳴りだしたのかな
子供たちがお腹に居たとき
吹いて遊んだおもちゃのラッパ
その子供たちもすっかり大きくなって
親の手を離れていった
骨の軋むような寂しさを経て

今確実に老い支度を始めた
私の体内から励ますように
鳴りだしたおもちゃのラッパ
子を産んだ後の子宮はなあ
馬に蹴られたみたいに傷だらけ
と言うから養生せいやと言った
伯母の言葉を思い出す
三人の愛しい我が子を育んでくれた
今は小さくなったお腹の上に
そっと手を乗せ
ありがとうと呟いてみた

お月さま

山の上のお空に
白いお顔のお月さま
なんだかキョロキョロ探し物
お月さま
お月さま
もう水溜りなんてありませんよ
凸凹の砂利道も
今ではほとんどなくなりました
みんなきれいに舗装されて
たいらな道になりました
ですから
道を歩いていて車が通っても
石が飛んでくることもありません
泥水を被ることもありません

砂埃を浴びることもありません

でも雨上がりの夜は
少し寂しい気がします
凸凹の砂利道の
小さな窪みにできた水溜りに
お月さまがするするっと
降りてきて
ゆらゆらと気持ち良さそうに
水浴びをしていた姿を
見られなくなってしまったことが

冬の雀

冬だというのに
雀の群れが
伸びたり縮んだりしながら
田んぼの畔を越えて行った
百羽ばかりもいそうな
大きな群れだった
この寒い日に
何処から来て何処へ
行くものか
伸びたり縮んだり
伸びたり縮んだり
伸びたり縮んだりしながら
あっと言う間に見えなくなった
雀の群れ

あれはもう群れではなく
一個の融合体ではあるまいか
伸びたり縮んだり
伸びたり縮んだり
緩やかな曲線を描いては
素早く移動する
手品のような身のこなしは
もしかしたら
焦げ茶の
毛糸のセーターを着た
北風小僧が
野を越え山越えやってきて
はしゃぎ回る
姿だったのかもしれない

まどさんの詩

百歳だってさ
うへぇ
まどみちおさんの詩を読むと
肩の力がすっと抜けて
気持ちがほんわか温かくなる
まどさんはすごいなぁ
百歳になっても
生まれたての若葉のような
柔らかな感受性を
持ち続けていられるなんて

樹齢数百年という老樹も
春になれば新芽を出して
生い茂っているのだから

人間だってやればできるさ

たとえ風雨に晒され
外見が変わろうと
持って生まれた精神だけは
変わらないでいようと思えば
変わらずにいられるはずなのだ

でも　それは
簡単そうに見えて
簡単ではない
誰にでもできそうで
誰にでもできない
簡単そうな誰にもできそうなことほど
遠く手の届かないところにあるものだ

鱈を下ろす

市場から揚がったばかりの
活きの良い鱈　大きくて
頭が俎板からはみ出している
長い間遊泳してきたものか
かなりぬめりが強い
慣れない調理人には手強そうだ
見かけもグロテスクである
怯む気持ちを奮い立たせ
エイヤーとばかりに鰓へ入れた包丁
固くて跳ね返された
包丁を入れる度
くるくる動く目玉と鋭い歯が
不気味で恐い
それでも格闘の末に下した身を

醤油で煮付けていただいた
幾たびの荒波を
乗り越えてきたであろう英知と強さを
わが身に取り込むように感謝して
残さず腹に収めた

歩く猫

初冬の日暮れは早い
寒くて暗い道を行く
一匹の白い猫
道路の左端
白線の内側
俯き加減に
とっとことっとこ
家々からは程遠い田んぼ道
ひっきりなしに行き交う車
強烈なライトの光
騒音と振動の光の只中を
およそ猫らしくもなく
平然と歩き続ける
四足歩行の前足後ろ足

交互に軽やかに
一定のリズムを持って動くたび
しなやかに跳躍する尻尾と体
何所へ行こうとしているものか
まるで
孤独な旅人のよう
ふと
哀れみと懐かしさの
交じり合った感覚が
胸に切なく広がった

水の音

朝　いつもの時間
常よりかなり暗い
ザーザーザー
規則正しい雨の音
ああ！　雨だ
雨が降っている
もう一度
頭からすっぽり毛布を被る
心地よい安心感に満たされる

かつて　遠い昔
こんな風に水の音を
聞いた気がする
海の底の底深く

砂に埋もれて
天敵から身を隠し
頭上を流れる海水の音を
じっと聞いていたような
あるいは
母の胎内で
うつらうつらと聞いていた
羊水の流れる音だったろうか

泣く

子供が泣くと
親は泣くんじゃない
と言って叱る
泣くことは恥ずかしいこと
泣くことは弱虫
泣くことは負けること

泣くことって
そんなにいけないこと
なんだろうか

人は誰しも
泣きながら生まれてきた
怒ることより笑うことより

最初に覚えたことは
泣くことだった

もしも　怒りで
腸が煮えくり返ったり
切れそうになったとき
涙がぼろぼろこぼれたら
取り返しのつかない過ちを
犯す前に気持ちを
鎮めることが出来る
泣けることはすなわち
己を護ること

ときには一人になって
思いっきり泣いてみたい
もやもやした気持ちも晴れて
さぞかしせいせいするだろう

橋を渡る

私は立ち止まる
目の前を流れる川がいつもと違う
昨夜来の雨で水嵩を増した川は
猛々しい形相で迫り来る怪物のようだ
ゴーゴーと呻き声を上げ
私を暗い川底へと引きずり込もう
としているみたいだ
古ぼけた木の橋が架かっていた
ひっそりと架かっていた
私は母と伯母の家へ行くところだった
家は川の向こう側
橋を渡らないと行けない

私には橋が今にも崩れそうに思えた

渡るのが恐ろしくて足が震えた
私の何倍もの大人や牛やリヤカーが
平然と渡って行くというのに
体重十五キロの私は鉄の塊と化し
その一歩が踏み出せないでいた
業をにやした母にせっつかれ
促され泣きながらも母に手を引かれ
震える足を慎重に運び
どうにか渡り切ることが出来た
母は臆病な娘に心を痛め
伯母は優しく労わってくれた
私にとって生きて行くことは
木の橋を渡ることに似ている
如何なる試練も逃げることは

許されない
逃げたら人生それでお仕舞

樹

樹は古いものが良い
長い年月
風雨に晒され
どっしりと腰を据えた樹
年月を費やしたものから
漂う威厳と風格
圧倒されて見上げるとき
私の弛んだ精神が
ピンと張りつめてくる

樹齢千年という大樹
大きな瘤がいくつも出来ていた
千年という気の遠くなるような
時間

見たくないものを見たことだろう
聞きたくないことも聞いただろう
そのたんびに
枝の先までぎゅっと力が入って
辛かったことだろう
私は瘤を撫でてみた
母の顔が浮かんで消えた
父の顔が浮かんで消えた
梢が揺れて葉っぱが落ちた

ゴムマリ

古い街の古い雑貨屋で
昔のゴムマリを見つけた
一瞬　信じられなくて
そのまま通り過ぎてしまう

次の日行ってみたら
煙のように消えていた
見間違いだったろうか
いいや
あの鮮やかな花の絵は
かつて私が見たものだった

子供の頃
父の土産のゴムマリを

土間で突くとうれしくて
つけばつくほどうれしくて
ゴムの匂いと土の匂いが
父が帰ったのだという
安堵感を運んでくれた

それにしてもあのゴムマリは
いったい何所へ行ったのかしら
あまりにも長い間
吊るされていたものだから
嫌になってしまったのかなあ

ビニール傘

ヒョーヒョーヒョー
北風の口笛がこだまして
一気に冬はやってくる

遠くの方で
何やら得体の知れないものが
右往左往している
まるで時化にあった水母のように
あっちにもこっちにも
白い物体が不規則に
動き回っているではないか

近づいてよく見たら
なんと白いビニール傘であった

安価なビニール傘は
愛着などという幸運には縁もなく
無造作に捨てられて
行き場所もなく
北風にもてあそばれて
哀れなことであるなあ

もしも私が傘だったら
どないしょう
いっそのことダンプカーにでも轢かれて
バラバラになってしまおうか
それともやっぱり
こんな風の日を待って
他人の目などは気にせずに
裸になって踊ってみようか

虹

空に虹がかかった
ひっそりと生き
報われないままに
死んでいった誰かさんが
最期の力を振り絞り
空に描いたサヨウナラ
薄紫が滲んでいるのは
やっぱり涙の痕かしら
人間って寂しいね

空に虹がかかった
誰しも幻覚を見るんだ
人は誰も有名になりたいと
金持ちになりたいと

権力を持ちたいと
そう願っているのだ
人間って哀しいね

ほんとうは
自分の存在を認めて欲しい
ただ　それだけのことなのに

冬の海

オーオーと呻く冬の海
私を見ないでくれ
近寄らないでくれ
そういって泣いているのか

誰しも独りになりたいときがある
誰しも独りで泣きたいときがある

冬の海は佐渡島が良く見える
良寛様もこの砂浜に立って
お母さまを懐かしんだことだろう
いつの世に生きようとも
母は恋しいものだから
名も知らない小さな鳥が

砂浜に固まっている
仕草が愛らしく
見ているだけで微笑ましい
でも　寒さをものともしない
彼らとは
生きる世界もまた違う
遥か昔　命を育んだ海は
厳しく優しい
静かに目を閉じれば
羊水の中を漂っているような
不思議な懐かしさがある

会いたいとき
海はいつでもそこにある
永久の母のようにいつだって
両手を広げ待っている

榎

大勢の色んな人々に出会うとき
一本の古樹を思う
今は無い　榎の古樹である
榎峠を登ったところ
すっくと立つ樹齢数百年の
どっしりとした古樹である
雪深い山中である
風当りの強い頂上である
冬ともなれば
すっぽりと雪に埋もれ
強風にも抗い続けた大樹である
わっしと大地を摑む太い根が
幹の周りを網羅していた
小学校の遠足で幾度か訪れた

実家の山が近くにあったから
春と夏には親に付いて行って
榎の古樹に登って遊んだ
真っ赤な夕日が遥か彼方
山と山の間の
地平線に沈むのが見えた
いつだったか母からの電話で
榎の古樹が倒れたと聞かされた
母の声は深い海底から
一語一語浮かび上がって
くるように
くぐもって聞こえた

今は小さな石碑が立っている

いつかきっと会いに行こう
懐かしいあの場所我が原点へ

鬼灯

赤くなった鬼灯の実
丹念にほぐし
柔らかくしてから
中身を取り出した
丸い小さな風船
舌の先で転がしながら
息を吹き込んで鳴らす
母や近所のお姉さんたちが
上手に鳴らしていたから
私も真似てみた
中身を出し切る前に
いくつも表皮が破れた
不器用ねって笑われた
舌で転がしてはみたけれど

なかなか音が出せなかった
練習を繰り返しどうにか
音が出せるようになると
楽しくて夢中になった
赤い鬼灯
お口の中で
独楽を回しているみたい
オルガン引いているみたい

松の木

その松の木は崖っぷちに
しがみつくように
生えていました
幹が空中に突き出ているので
根っこが垂直の崖の面に
めり込むような形で入り込み
大木を支えているのです
真下には水量のある滝が
騒音を響かせて流れています
絶え間なく流れています
なんの因果で
このような場所に根を張ったものか
少し気の毒になります
それとも長い間の地形の変化も

あったでしょうか

小鳥たちが美しい声を張り上げて
枝から枝へ飛び回っています
松の木を見上げると頂上に
緑の鳥が止まっていました
かなり大きな鳥でした
鳥は空を見上げ羽を休めています
それは　鳥の形をしてはいますが
本物の鳥ではありません
きっと　松の木の長年の思いが
作り上げたものなのでしょう
願いはいつか形となります
あるいは緑の鳥はすでに天高く
飛び回っているのかもしれません

夏の猫

連日夏の太陽が
燃え盛っているので
昼間の暑さはひとしおです
家の猫は朝から晩まで
床に四肢を投げ出して寝ています
名前を呼ぶと尻尾をパタンパタン
振り上げて床を叩いたり
頭を少し持ち上げて
ニャンと鳴いたりします
きっと
（うるせいなあ　ほっとけや）
と　言っているのでしょう
たしかに真夏でも毛皮を
纏っているのですから

さぞかし暑苦しいことでしょう
（お前さん野生じゃあ生きてゆけまいね）
と心の中で言うと
その通りだよと言うように
尻尾で床を撫でました

長靴

あれからどのくらい
経ったものか
まだ人生の入り口で
眠たい眼を擦っていた
あの時分
外へ出ようとして
三和土にあった靴を履いた
長靴であった
大人用の長靴であった
自分の足に合わない
大きな長靴は
一歩踏み出すたびに
かぽんかぽんと鳴った
しばらく歩いて

引き返そうかとは思ったけど
引き返さなかった
そして
そのまま歩き続けて
今日まで生きてきたような
そんな気がする

物干し竿

アパート暮らしもひと月経って
瞬く間に時が流れて行きます
ここはどうやら風の通り道らしく
窓の外はいつも風が吹き抜けています
先日帰ってきて外を見ると
洗濯物がありません
なんと　竿も無くなっています
びっくりして窓を開けたら
竿ごと地面に落っこちていました
ここは二階なのでかなりの
衝撃だったろうと思います
下が道でなく通る人が居なくて
幸いでした
さっそく竿を拾って

今度は外れないよう竿受けに
ビニール紐で括りつけました
この竿は自分が用意したわけではなく
最初からここにあったものです
かなり錆びて腐敗しています
この竿はきっと最初の住人が用意した
もので次々住む人が変わっても
使われ続けてきたものでありましょう
置き去りにされた竿が薄い縁を繋ぐ
私たちの後からはどんな人たちが
この部屋のドアを開けるのだろう
そして窓の外に洗濯竿を見つけたら
やっぱり嬉しく思うことであろう

幸福行

橋向の山すそを音もなく
新幹線が走り去る

若い日　友人と二人で
幸福行の切符を買った
私たちは若く夢と希望に燃えていた
詩を書くという共通の趣味があり
同い年で気が合った
一緒に居ると楽しくて
時の経つのも忘れた
二人で
幸福行の列車に乗ろうと約束した
でも　私には分かっていた
乗るのは彼女であり私ではないと

案の定　幸福行の列車が来て
彼女を乗せて行ってしまった
あのとき　あまりに眩しくて
目を瞑ってしまった私

ときどき彼女から連絡が入る
まーだ　そんなところにいるの
はーやーくおいでよー
そうだね
切符はだいぶ色褪せてしまったけれど
この通りしっかり持っているから大丈夫
それにしても私たち
ずいぶん歳をとってしまったね
次に幸福行が来るのはいつの日だろう
私はその日の来るのが待ち遠しい
今度こそきっと乗れる
そんな気がしてならないから

寂しい人

寂しいとその人は呟いた
他国から日本に働きに来ている
家族と離れ離れに暮らす寂しさ
寂しさは不意に訪れる
家族と居ても居なくても
人間はときに寂しい
寂しいからこそ人間とも云う
もし　人間に優劣があるなら
優れた者は寂しさに耐える
ことが出来る人
寂しさを怒りや悲しみに
転嫁することなく
身のうちに治めることの出来る人
とても難しいことではあるが

人はそのように生まれてきた
アリガトゴザイマシタ
整体師のその人は
片言の日本語でお辞儀をした
こちらこそ
ありがとうございました
お陰さまで肩と腕の痺れが
少し和らぎました
寂しい人は
仕事の出来る人でもあった

月光

深夜二時　月明りの下
雑貨屋さんの前で猫さんとすれ違う
ん　なんとなく振り返れば
猫さんも振り返ってこちらを見ている
やあ　夜回りかい
親しみを込めて聞いてみる
ん　猫さんは耳を立てて警戒のポーズ
ふと　六月に亡くなった飼い猫を思い出す
長毛だった為か抱かれるのを嫌がった
それを子供が追いかけて
無理やり抱っこするので
随分と迷惑なことであったろう
何もしなくてもただそこに居るだけで
和やかな気分にしてくれた

今でも思い出す度泣けてしまう
ああ　なんてきれいなお月様
飼い猫の瞳もあんなふうにきれいだった
月を見ているとなんだか心が癒される
大切なものや懐かしい思いが
沢山詰まっているみたいだ
きっと夜に活動する獣たちは
月の光を浴びて
鋭気を養っているのだろう
そこの猫さんに聞いてみようか
じっと身じろぎもしないでいる猫さん
少し後ずさりしたかと思うと
一声鳴いて行ってしまった
月はいよいよ高く明るく
私の歩く道を照らしてくれる

縄文土器

テレビで縄文土器の特集を見たら
本物が見たくなって展示館に出かけた
初冬の冷たい小雨が降っている
広い遺跡跡地の先に展示館がある
受付を通って展示室に一歩入ると
鳥の鳴き声とナレーションが流れ
独特の静謐さに満ちている
ガラス戸棚の中には聖火台を
小さくしたような火炎土器が
大小様々に並んでいる
土の匂いが漂って来るようだ

人類の歴史の始まりを創った炎
昼となく夜となくあの土器の中で

赤々と燃えていたことだろう
厳しい自然の中
一族が寄り添い励ましあいながら
集落を作り暮らしていたのだ
目を閉じれば
裸で飛び回る子供たちの歓声が
聞こえてくるようだ

便利になった現代では一人でも
生きて行ける
お金さえあれば何でも手に入る
それでも失ったものも大きい
人類はこの先どのように
変わって行くだろう
炎がだんだん遠くなる

カイロ

寒い日には使い捨てカイロを
背中に張ると一枚着たような
保温効果がある
被災地で停電の続く集落の
年配の方もカイロがあって
助かっていますと言っていた

使い捨てカイロが出て何年
経つのだろうか
昔釣り好きの従兄が
良い物が出来たと喜んでいたから
長く愛用されてきたものだ

寒風の中外仕事をされる人たちなど

特に重宝されていることだろう
街頭演説の背広の下にも
四角いカイロが気炎を上げて
いるのかもしれない

亡くなった遠縁のおばあさんは
ひとつのカイロを二日間使える
と言っていた
二日目には良く揉んで使うのだとか

価値観の目まぐるしく変わる今日でも
安価で効力のあるものは
時代を超えて愛用される
こうやってパソコンに向かっている
今も
背中にカイロの温もりがある

母の死装束

母の死装束をどうするか
というのでピンク色のお召に決めた
生前の母なら（しょうしいて）と言って
拒むことだろう
母は身を飾るということを
まったくしなかった人である
器量よしの姉たちとは違うからと
笑い飛ばしていたけれど
本当は気にしていたのではないかと思う
幼いころ母の化粧道具で
従妹と遊んだことがあった
そのとき隣で縫物をしていた母は
叱ることなく私たちの遊びに
付き合ってくれた

紅筆で口紅を描いてくれたり
ほほ紅をつけてくれたりした
白粉の甘い香りが何となく
こそばゆかったことを思い出す
桃の節句に生まれた母であるから
せめて最期は桃色の着物姿で
亡父の元へ逝かせてあげよう
父はさぞや驚くに違いない
長く苦しい闘病でしたね
どうか安らかにお休みください
温かい愛情忘れません本当にありがとう
あなたの娘で最高に幸せでした

自然薯

昨日兄が自然薯を届けてくれた
泥がこびりついた掘りたての自然薯だ
まるで仙人の団扇のような
面白い形の物もある
暗い土の中　触覚を頼りに
手探りで伸び続けて
来たものだったろう

その日の夜中
とても怖い夢を見た
数頭の恐竜が草原を駆け回っている
ズシンズシンと地響きを立てながら
あたりを駆け回っている
私は小動物か何かであるらしく

大きな葉っぱの影に隠れ震えている
首の長い　巨大な恐竜が
雄叫びをあげながらすぐそこまで
近づいて来ている
私の心臓は早鐘のように高鳴り
喉はカラカラに乾いて今にも倒れそう
と　その時目の前に山芋の蔓
そう　これは山芋の蔓に違いない
確信したとたん　目が覚めた
それでもまだ心臓が鳴りやまない
やおら起き上がり冷たい水を
一気に飲んでみた
昨日食べた自然薯の粘りが
未だ口中に残っている気がした

凍み渡り

毎年雪消えのこの頃になると
凍み渡りをしながら両親と
山の田んぼに灰を撒きに行った
山にはまだうずたかく雪が積もっていた
灰を撒いて少しでも早く消さないと
春田に間に合わないから
大雪の年は特に大変だった
夜の冷え込みで凍った雪の上は
地面より硬くアスファルトより柔らかい
ちょっと歩きにくいけど
空中散歩のようで楽しかった
冷たい空気が鼻腔をくすぐる
青い果実の匂いがした
日が高くなるとほんの数時間で

凍った雪が溶けだすから
もたもたしては居られない
ふざけて灰を撒いては母に叱られた
やがて山のようにあった雪も融け
水となって田畑を潤した
いつしか　父母も亡くなり
凍み渡りもしなくなったけど
雪消えを迎える頃になると
あの懐かしい日々を思い出す

逃げ水

乾いた舗装道路の先に見える
豊かな水辺
あれは逃げ水
追いかけても無駄
近づけば消えてしまう蜃気楼

逃げ水は遠くに見える幸福
自分には手の届かない世界
幸せな人々の寛ぐところ
そう思っていたけれど
あなたは幸福な人ですね
思わぬ問いかけに吃驚する
でも
素直に嬉しい一言だった

私を喜ばせてくれたあなたこそ
私にとっての逃げ水

逃げ水は遠く憧れる
夢のようなもの
夢を叶えた人も
未だの人も
真の安らぎは得られないから
それでも夢を追いかけ
幸せを求める姿は尊い
生き生きと輝くひとみは
逃げ水のずっと先に
あるものだから

古い布

人の歴史は衣の歴史
硝子ケースの中の古い布が語りだす
お日様の匂い　大地の温もり
水の清らかさ　風の冷たさ
昔の人々の苦心の作が
こうやって百年の時を経て
目の前にある不思議
よく保存されてきたものだと感心する
布に適する植物を探すことから
始まって
糸状にして編んで布にする
そのすべてが手作業で
それも日々の暮らしの隙間に
やるのだろうから

ずいぶんと時間がかかるに違いない
今は多種多様な衣服が
店でも通販でもネットでも
簡単に手に入る
それでも　このケースの中の衣類には
到底及ばないような気がする
自然からできた素材は肌に良く馴染む
化学繊維は人類の研究の賜物で
必要不可欠なものではあるが
着脱の際びりっと来る静電気が怖い
私は衣類を新調する際には
タグを裏返しなるべく
綿や絹のものを選ぶようにしている

命日

八月八日父が逝って四年目の命日
朝刊に投稿した詩が載った
母が亡くなったのも八月だった
母の葬儀の日にも
投稿した詩が新聞に載った
喪主の弟はその新聞を丸ごと
母の棺に入れてくれた
父母は新聞の文芸欄を見るのを
楽しみにしていた
私の書いたものが載ると喜んでくれた
不肖の娘からのたったひとつの
贈り物だったと思う
父が逝き母が逝き伯母が逝き
従姉も逝ってしまい

私の周りは随分と寂しくなってしまった
陰ひなた支えてくれた人たちは
みんな何所へ行かれたものか
人間の高い知力を持ってさえ
知ることの出来ない壁がある
母の言葉を思い出す
人は死を迎えるとき謝りたい
人の顔を思い浮かべてしまうから
後悔しないような生き方をしなさいと
私は母に会いたい
会いたくて堪らない
もうすぐ母の一周忌がやってくる

災難

時々通る道の向こうに
大きい木と小さい木が
寄り添うように立っている
通りすがりに見えるだけで
木の名前は知らないけれど
どこか親しみを感じて見ていた
照る日　曇る日　凍える日
どんな時も二本のその木は
互いに労わるように慈しむように
ひっそりと立っていた
通るたびに見ているわけでなく
常に通る道でもなく
気づかないままのことの方が多いが
先日何気なく目をやって驚いた

大きな木の方には蔦がびっしりと
絡まっていたのだ
それこそ一分の隙間もないほど
完璧に包囲されている
私はなんだか胸が苦しくなった
小さい木の方は細く頼りなく
心なしか怯えているようにも見える
人間も然り
災難は常に足元からやってくる
蔦先を触覚のように振りながら
幹に絡みついて行く蔦が恨めしい
負けるなよ　頑張れよと
二本の木に向かい心の中で叫んでいた

ボタン付け

着替えの際ブラウスの袖ボタンを
留めようとしたとき
ボタンが取れて床に転がった
急いで拾い上げる
何の変哲もない透明な丸いボタン
中に四ケ所糸かがりの為の
小さい穴が開いている
出がけの針は持つなと言うが
時間もあるので付けることにする
針を使うのも随分久しぶり
押し入れから木製の
赤い裁縫箱を取り出す
この裁縫箱はグリーンシールの
ポイントで交換したものだ

かなりの枚数が必要だったが
母の集めた分も譲ってもらったのだ
かれこれ四十年以上も前になろう
母は毎日のように針仕事をしていた
綻びを縫ったり継ぎあてをしたり
鼻歌を歌いながら実に楽しそうに
縫物をしていた姿を思い出す
伯母の家に行くと
伯母も縫物をしておりいつも
針に糸を通してくれと頼まれた
糸の先を歯で嚙み切って尖らせ
よってから針孔に通す
伯母は老眼であった
褒めてもらうと嬉しくて
何本も通してあげた
そんなことを思い出しながら
ようやくボタンを付け終えた

風が吹く

夏の赤い炎が木の葉に吸い取られて
辺りが冷えてくるころ
山へ薪を拾いに行った
裏山への入り口に立つと
異世界に踏み込むような
恐れと期待とが入り混じる
そこは神聖な場所だった
薪は長寿の大木の木霊だったから
頭上ではざわざわと
湿りを含んだ風がせわしなく
行ったり来たりしては騒いでいる
ときには渦を巻いて小さい私を
からかいに来る
決して風と目を合わせてはいけない

胆を抜かれてしまうから
そう言ったのは誰だったろう
だから私はずっと下を向いていた
義祖母が亡くなって随分になる
義祖母は七人目の子供を
赤ん坊のときに亡くした
あれは風の強い日だった
乳母車に乗せて畑仕事をしていた
しばらく経って行ってみたら
額から血を流して死んでいた
突風で折れた木の枝が飛んで
その子の額を直撃したのだった
良く笑う子でぐずりもせず
手のかからない子供だった
そう言って涙を前掛けでぬぐった
きょうも何所かで風が吹いている

道

年の暮れが近い
いたるところ道路工事をやっている
日の暮れが早くなり
小雨降る日は寒さが身に染みる
旗を振る人も大変である
人の暮らしは
道を造ることから始まった
かつて　村では
道普請という共同作業があった
行ってくるよ
見支度をして出かけて行った
母の姿が思い出される
あの頃は今のように舗装された
平らな道ではない

凸凹の砂利道で歩くのも
難儀だった
母を追いかけ走って転び
泣きべそをかいた道だ
たまにオート三輪が通ると
土埃がぶわっと舞い上がり
小石が飛んできたりした
晴れた日などは頭から白くなった
雨の日はタイヤが水たまりを撥ね
全身濡れ鼠になったりした
コマ送りのようにセピア色の
映像が脳裏を駆け巡る
早く帰って夕飯の支度をと
気持ちは焦るが
未だ渋滞は続いている

雪が降る

雪が降る
雪が降っている
私はテレビを見ている
戦争で行き場を失くした人々が
右往左往している
怒号と叫び声
子供が足から血を流している
雪が降っている
雪が静かに降っている
戦争で罪のない人々が
苦しんでいる
見ているとと辛くなって
チャンネルを変える
冬季オリンピック

技を競いスピードを競い
華麗に舞う選手たち
その身体能力の高さには
目を見張る思いだ
日々練習を積み重ね
血のにじむ努力の成果である
日本選手の活躍に固唾を呑み
喜んだり残念がったり
雪が降っている
オリンピックの開催地と同じく
こちらも雪が降っている
戦争の終わらない国にも
沢山雪が降って降り積もり
全てを覆いつくせばいいのに

自立と他律

いつしか季節は巡り
山と積もった雪も消え
予想より早く桜が咲き
早くも散ってしまった
私はまたひとつ歳を重ね
身体の不調は増すばかり
飛蚊症耳鳴り節々の痛み
今までは内面の弱さを
体力で補ってきたところが
あったがこれからは少し
自立について学ぼうと思った
呼吸法や瞑想法など
いろいろあって難しい
今日は春の陽気に誘われてドライブ

山里にはまだ雪が残り
川べりを少年が子犬を連れて
散歩をしている
あっちこっち行きたがる子犬を
少年が綱を引いて歩かせている
そうか　あの子犬は私であり
綱を引く少年もまた私なのだ
自立も他律も己の身の内
なんとか不調を治したいと足掻く自分が居て
歳を重ねてきたのだから仕方ない
くよくよしたって始まらない
あっちにもこっちにも面白いことが
たくさんありそうだ
川面に浮かぶ桜の花びらを見ていたら
子犬のように駆け出したくなった

ありがとうさようなら

交差点　赤信号に車を止める
右折の車が目まぐるしく
走り抜けてゆく
私はハンドルを握りしめそっと呟く
もうすぐお別れね
長い間本当にありがとう
何所へ行くにも一緒だったね
別れは辛いけど
あなたも限界だから仕方ない
オイルが漏れてエンジン音が凄まじい
出会ってからの年月を振り返れば
いろんなことがあった
こんな風に足止めされて
前へ進めない日もあれば

八方ふさがりで生きる気力を
失くした日もあった
一時停止違反で捕まったり
路肩に乗り上げて動けなくなったり
それでも黙って付き合ってくれた
目前の信号が青に変わる
どんなに辛くてもじっと時を待てば
前へ進むことが出来るんだよね
今年の大雪にも小さいボディーで
懸命に雪を掻き頑張ってくれました
凄いパワーの持ち主だった
十三年の間には両親が逝き
知人も何人か亡くなった
そして今　あなたとの別れも近い
人もペットも車も縁
本当にありがとう
ご苦労様でした

牛乳箱

空気がピンと張りつめる頃
空から雪が舞い降りる
真っ白い雪は過去からの贈り物
雪は牛乳の色
私は牛乳が苦手だが
家族は宅配で取っている
ある日の朝
ガタンと大きな音がした
なんだろうと思い外に出て
牛乳箱を見たら
牛乳が無くなっている
誰かが持ち去ったのだ
犯人はいったい誰だろう
とても嫌な気分になったし

恐くもあった
何日か続いたので
家人に頼んで見張ってもらった
犯人は小学生の男の子だった
黄色い帽子を被っていた
こんな朝早くよその家の
牛乳を盗りにくるなんて
あの子は朝ごはんを食べさせて
もらえないのだろうか
そう思うと居たたまれない
可哀そうで胸が塞がった
家人は気にするなと言う
たしかに子豚のように
太っていたところを見ると
食べていないことはないだろう
単にスリルを楽しんでいただけかも
そう思いたいしそうであって欲しい

バレンタイン

年が明けたと思ったら
すでに一月も半ばとなった
デパートやスーパーには
バレンタイン用のチョコレートが
山積みだ
バレンタインといえば
亡き父母のことを思い出す
生きていたなら百歳
運送会社に勤めていた父は
バレンタインになると
女子社員さんから
チョコレートを貰ってきた
チョコレートは母の手に渡り
母の手から私たち子供に

配られる
きれいな包装紙に包まれた
甘くて苦いチョコレート
翌月はホワイトデー
母はキャンディーを用意して
出勤の父に手渡す
ちゃんとお礼を言って
渡しなさいと念を押す
ちょっと照れくさそうな父と
律儀な母の様子が
懐かしく思い出されるのだ

航海

生乾きのワイシャツに
アイロンを当てると
白い湯気を立てて
当たった場所から
小気味よく皺が伸びてゆく
ちょうど波立つ海へと
漕ぎ出す
船の舳先のように

生きることもまた
航海に似ている
はるか彼方
伯母の小さな顔が見える
手を振っている

絶望　哀しみ　憤り
払っても尚降りかかる
冷たい飛沫
幾多の高い波をかいくぐり
抗い揺れながらも
諦めることなく
怯むことなく
決して沈まない強さを持ち
今日まで突き進んできたのだ

年老いた優しい女性の持つ
深い慈悲の眼差しにこそ
真の英知が見え隠れする

扇風機

扇風機が回っている
右に左に首を振り
淀んだ空気を攪拌しながら
涼しい風を提供している
古くて新しい文明の利器
何所にでも持ち運べ
電気の消費も少なく経済的
今は何所の家でも
扇風機が一台二台は
重宝されて回っている

扇風機は解熱剤のよう
一瞬で高まった熱気を払拭する
副作用のない良薬

それでも私は風に当たると
いつも頭痛に悩まされる
つけっぱなしで眠ると
呼吸が苦しくなって目が覚める
扇風機がなければ到底夏は越せない
有難い代物ではあるが
私には少し苦手な扇風機
今日もやっぱり回っている
右に左に首を振りながら
誰も居ない部屋でさえ
文句も言わず回っている

双子

久しぶりにバスに乗った
ふとあの日のことを思い出す
あの日バスは混んでいた
痩せた男の子が二人
たぶん小学生で低学年
二人は同じ顔で服装も同じ
長椅子にちょこんと座っていた
マシュマロのような膝小僧が
四つぴったりくっついて
バスが揺れる度
くっついたまま右に左に揺れた
子供たちの連れらしき女性が
吊革につかまって外を見ていた
三人ともどことなく暗い顔をしていた

ふと子供たちと目が合った
（おかあさん死んじゃった）
一人の子がぼそっと呟いた
私は驚いて声を上げそうになった
最近母親を亡くしたらしい
双子の子供たち
この子たちはこれから
何所へ行くのだろう
親戚らしいこの女性の家か
それとも施設とか
そう思うと不憫で堪らない
でも　きっと大丈夫
君たちは双子だから
どんな時も二人なら乗り越えて行ける
そっと心の中でエールを送った
あれから年月を経て
もうすっかり大人になったことだろう

母さん

母さん
疲れたでしょう
仰向けに寝転んで
昼寝をしている母さん
ずいぶん鼾が大きいね
母さん　やせたね
小柄な母さんが益々小さくなって
私涙が出るよ
額に皺を寄せて眠っている母さん
どこか痛いの　苦しいの
何もしてあげられなくてごめんね
いつも自分のことは二の次で
私たち子供のために
働き続けてくれました

母さんと一緒にいると穏やかな
安らいだ気持ちになれるんです
年老いた今も記憶力は抜群で
感心します
私の方が頼りない
なんでもすぐに忘れてしまうから
母さん　今ちょっと笑ったね
楽しい夢でも見ているの
なんだか私も嬉しいよ
耳が遠くなってしまわれ
日々の会話もままならないけど
たくさんたくさんおしゃべりしたい
昔のことや今のこと
そして　別れの近い父さんのこと

リンゴの王様

スーパーの店先にリンゴの山
胸の透くようなリンゴの山
このなかから王様を見つけよう
一番清々しい香りを放つリンゴを
太陽の輝きを秘めた紅のリンゴを
ざっと見渡してすぐに見つけた
リンゴの王様
私の掌が捕まえたリンゴの王様
歪だけれど確かにリンゴの王様だ
中心に太陽の線が描かれている
薄い赤と濃い赤に分かれている
濃い赤の方に膨らんでいるのは
太陽の光に向かって精一杯
背伸びをした証だ

さわさわ揺れる緑の葉陰から
鳥のように見下ろしてみたかった
日が照ると頬を膨らませて熱と光を
たらふくむさぼっていたリンゴを
蟻のように下から見上げてみたかった
収穫した人は王様のリンゴを見て
なんと思ったことだろう
色はいいけど形が悪いとか
心の中で思ったかも知れない
でも
間違いなくこれがリンゴの王様だ
しっかり努力して精進した形跡が
色にも形にも香りにも
表れているではないか

頭痛

頭が痛いとき
頭の中ではなにが起こって
どのようになっているのでしょう
頭が痛むとき頭に触れると
ボーリングの玉のように
かちんかちんに固まっています
なにかすごく硬いもので
ごつんとやったら割れそうです
頭が痛むのは辛いものです
へなへなと体から空気が抜けて
へたり込みそうになります
吐き気もします
頭の中で戦争です
鋭い槍や鉄砲の打ち合いで

傷だらけ
このままでは外堀が崩れて
貴重な水源が失われそうです
白い錠剤を飲みます
この薬が土留めとなってくれる
そのことを切に願いながら

詩はどこへ

私はいつも詩を書きたいと
そう思っているが
なかなか書けないで
四苦八苦している
私の詩はどこへ行ってしまったものか
そもそも誰も私の書いた詩なんぞ
興味はなかろう
読みたくもなかろう
それでも私は詩を書きたいと
書き続けたいと切に思っている
今日は久しぶりに向こうの方から
機嫌よくやってきたかに思えたが
かなりのスピードだったために
ぶつかりそうになって

私が右に避けると奴は左に
私が左に避けると奴は右に
という案配に
何回か鼬ごっこをしていたら
突然奴はその場に立ち止まり
動きを止めてしまった
私はしばらくそのことに気が付かず
反動で止まることが出来なかった
その隙に奴め
さっと身をかわし去って行ってしまった
風の軋む音がした
私も悔しいが奴もさぞや無念で
あったことだろう
どうか懲りずにまた来てほしい
今度はしっかり受け止めるから

冬の子供

冬は好きだったはずなのに
年々寒さが身に染みる
積もった雪の向こう側で
子供の泣き声がしている
幼い男の子と女の子
それより幼い男の子が
お母さんの後ろで泣いていた
毛糸の帽子を被りアノラックを着て
皆で雪かきをしていた
一番幼い男の子はどうして
泣いているのかしら
お母さんに抱っこしてほしいのか
それともお兄ちゃんたちの持つ
シャベルが欲しいものか

それなのにお母さんは知らん顔
泣きわめく子供の声が
ぐさりと胸に突き刺さる
お母さんなんとかしてよ
抱いてあげてよと心の中で叫ぶ
自分が子育ての最中だったら
なんとも感じなかっただろうが
歳を重ねてしまったためか
子供の泣き声には
とくに敏感になってしまった
子供を泣かせないでくれと言った
今は亡き隣人のことを思い出す

豆を植える

豆畑
豆畑
一面の豆畑
風が吹くと緑に染まる

幼いころ
兄弟で田んぼの畦道に
豆を植えた
先を丸く尖らせた棒で
等間隔で穴をあける者
穴に三四粒の豆を落とし入れる者
その上に土をかぶせて行く者
わいわいがやがや賑やかに

豆はすくすく育って
兄弟も大きくなった
傍らで見ていてくれた両親も
今はもう居ない

一条の煙が空に棚引いて
真っ白い雲に変わった
私はその絹の肌触りに
頬ずりをしよう
兄弟たちを出し抜いて
母の胸元にそっと顔を埋めよう

暖冬

今年の冬も暖冬で
二月に入っても降雪がない
通勤には助かるが
まったく降らないというのも
不穏である
毎年　降る降らないは
その時になってみないと
分からないものだから
準備万端で迎えたはずなのに
いつもなら白い雪に
すっぽり包まれているはずの山々も
地肌がむき出しでは
落ち着かないだろうし
除雪車も所在なげに並んでいるし

そこに携わる人たちも
仕事にならず困ることだろう
冬服の売れ行きも悪いだろうし
靴屋も困るだろう
私が子供の頃は
毎年多雪で大変だった
停電もしょっちゅうだったし
バスも不通
親は朝から晩まで屋根の雪下ろし
茅葺の家は暗く寒かった
掘り炬燵に潜り込み
映りの悪いテレビを見ながら
父母の帰りを待っていた

明るい窓辺で外を見ていると
過ぎ去った日々が
記憶の底から舞い戻ってくる

春近し

今年はまれにみる多雪だった
故郷の父母の眠る墓も雪に
埋もれていることだろう
灰色の空にぼんやりと浮かぶ
太陽も雪に埋もれているみたい
行って掘り起こしてあげたい
堅牢な雪の壁さえ
太陽が半日照れば形を変える
やがて来る春を待ちわびる人々
辛抱強く雪を掻き
空を見上げる眼差しは
木の芽のように輝いている
亡き母が健在であれば
今年九十六歳になる

ちべたいちべたいと言っては
両の手を囲炉裏に翳していたっけ
それでもこの多雪では
会いに行くことも出来ないから
かえって良かったのだ
皺の手にはいつもワセリンを
擦りこんでいた
桃色の容器に入っていて
甘く優しい香りがした
逝った者は帰らないが
春は確実に訪れる
凍てついた大地の割れ目からは
陽気な水音が聞こえてくる

春の憂鬱

春が駆け足で過ぎてゆく
桜が咲いたと思う間もなく
葉桜になった
私の体内時計は遅れてゆくばかりだ
最近は腰が痛く歩くのも億劫になった
このままではいけないと思い
美味しい空気を求めて土手を歩く
陽射しは透き通るほどに明るく
緑は深く息づいて地上は楽園のようだ
この国に住める幸福に感謝したい
ふと　頭上が騒がしい
見上げるとドクターヘリであった
どんな事情でどんな人が
運ばれて来るものか

どうか助かりますようにと願う
でももしあれが
人助けのヘリではなくて
ミサイルだったとしたら最悪だ
爆弾投下などされたら堪らない
今も地球の何処かで戦争がある
尊い多くの人命が失われている
あってはならない戦争が
いつもどこかで起きている
美しかった街は瓦礫と化し
死体が横たわっている
誰が引き金を引いたのか
どうして止められなかったのか
幾度も繰り返される戦争
今この国の平和はすべて
私たちの祖先の犠牲の上にある

Ⅱ 童話

再録『のんきなあじさい』
（日本文学館、２００９年９月１日発行）

すってんころりん

あるところに、おじいさんがいました。おじいさんは今日も畑で畑仕事をしています。おじいさんはナスやキュウリ、トマトなどの野菜を作っています。今は里芋が収穫の季節をむかえました。

おじいさんは試しに、いちばん太い茎の芋を、ひっこぬいてみました。

「よっこらしょ」

力いっぱいひっぱりました。すると、とても大きな里芋がひとつ、ころがり出てきました。

「ややっ。なんと大きな里芋じゃろう」

おどろいたおじいさんが、その里芋をつかもうとしたときです。(そうはさせないぞ)とばかり、里芋がすたこらさっさと、逃げ出してしまったのです。

「こらまて。こらまて。まってくれ」

おじいさんが必死で後を追いかけます。でも足の早い里芋にはかないません。とうとう、里芋を見失ってしまいました。

里芋はずいぶん走ったので、息が苦しくなりました。汗もたくさんかきました。それで、体を洗おうと思い、小川にチャポンと、飛びこみました。小川の水は冷たくて、とてもよい気持ちです。里芋は、汗にまみれた体を、ごしごしこすりだしました。でも、あまり強くこすりすぎたものですから、皮がぜんぶむけてしまいました。皮がむけると茶色かった里芋が、真っ白になりました。でも、それだけではありません。体じゅうがねばねばします。陸にはいあがろうにも、つるつるすべってしまいます。それでも、草にしがみつきながら、ようやくのこと陸に上がることができました。

里芋は疲れてしまい、「フーッ」と大きなためいきをつきました。そして、辺りをきょろきょろ見回しました。なんだか、すぐそこまで、おじいさんが追いかけてきているような気がします。

「早くにげなくちゃ」

里芋は、そう思って走りだそうとしました。ところが、足を一歩ふみ出すたびにすってんころりん、すってんころりん。すべってしまって、どうしても前に進むことができません。

しかたがないので、ごろごろところがっていきました。坂道にさしかかると、勢いがついてますます早くころがっていきました。

ごろごろごろごろごろごろごろごろ。

ついに、目が回ってしまいました。もう、どうすることもできません。

気がつくと、なんとしたことでしょう。目の前に、エプロンをつけて、包丁をにぎったおばあさんが立っていたのです。

おばあさんのしわくちゃの手が、すばやく里芋を拾い上げました。

それというのも、このおばあさんは台所で夕飯のしたくをしていたのです。そこへ、とつぜんどろんこになった里芋が窓から飛びこんできたのですから、おばあさんもびっくりです。

おばあさんは里芋を水道の水できれいに洗うと、湯気のたったおなべに、ぽいっと入れました。里芋はじきに、おもちのようにやわらかく煮えました。

里芋は、くやしくてたまりません。お湯をぶくぶく泡立てて、レンジ台を水浸しにしました。するとガスレンジの青い焔がジュッと音を立てて消えました。

でも、おばあさんはそんなことは気にもしません。やわらかく煮えた里芋をほおばると、ひといきに食べてしまいました。

「まあ、おいしいこと。こんなおいしい里芋を食べたのははじめてだわ」

とまんぞくそうにつぶやきました。

どっちがどっち

あるところに、山寺がありました。山寺には、おしょうさんが一人で住んでいました。でも、毎日キツネとタヌキが遊びに来るので淋しくはありません。

キツネとタヌキは化けごっこをするのが好きです。おしょうさんの目の前で、人や物に化けて見せ、どちらがキツネでどちらがタヌキかを当ててもらうのです。

ある日のこと、キツネとタヌキにおしょうさんが言いました。

「なあ、おまえたちよ、今夜わしの知り合いが訪ねてくることになってな、そこでひとつ頼みたいことがあるのだが」

「おやすいご用ですよ、おしょうさん」

キツネとタヌキは、声をそろえて答えました。

「それで、何をしたらいいんですか？」

タヌキが聞きました。

「うん。それがな、じつはお客に出す座布団がないので困っておるんだよ。悪いがおまえたち、座布団に化けてはもらえんかな？」

それを聞いた二匹は、すばやく座布団に化けました。

しばらくすると、お客さんがやって来ました。お客さんは太った男の人でした。

「さあ、どうぞどうぞ」

おしょうさんは、座布団をすすめて言いました。座布団は二枚ありました。一枚は大きなふかふかの座布団、もう一枚はうすい小さな座布団です。

お客さんはちょっと迷っていましたが、やはり大きなふかふかの方へ座りました。そちらがタヌキであることは、おしょうさんにはすでにわかっていました。キツネはしめしめと思いましたし、おしょうさんは苦笑いです。

おしょうさんとお客さんは、干し芋をさかなにお茶を飲んでいます。じつは、おしょうさんもお客さんもお酒が飲めません。囲炉裏の火で干し芋をあぶってはお茶をすすり、話に花を咲かせています。二人は干し芋が大好物なのです。

タヌキは太ったお客さんをのせているのですから、重くてしかたありません。それでもじっと、がまんしておりました。

ところが、ブッブップー。

お芋をたらふく食べたお客さんが、オナラをしたものですからたまりません。くさいのなんの、思わずしっぽが出そうになりました。

お客さんの方も、とつぜん座布団がもぞもぞっと動いたのですからびっくりです。

「ヒャー、なんだなんだ、この座布団！」

のけぞって大声を上げました。

ところが、おしょうさんはすましたものです。

「なんのなんの、今のはただの地震ですよ。ここのところ地震が多いんですわ」

「ほー、なんだ地震か」

お客さんは聞いて納得したようです。

そのうち眠くなったのか、大きなあくびをしながらごろりと横になりました。

「すいませんがおしょうさん。わてちょっくら休ませてもらいますで」

そして、キツネが化けたうすい小さな座布団を引き寄せると、くるくるっと巻いてちゃっかり枕にしてしまいました。それから今度は、敷いていた座布団を腹の上にかけました。

思わぬことになってしまい、キツネは（コーンちくしょう）と思いましたが、タヌキは心からほっとしました。

しばらくして目を覚ましたお客さんは、満足そうにして帰って行きました。おしょうさんもごきげんです。おしょうさんは、キツネとタヌキをねぎらい心からお礼を言いました。

そして、お客さんの持ってきたおみやげを二匹にもわけてあげました。おみやげは、あんこのたくさん入ったおまんじゅう。キツネとタヌキは手をたたいて喜びました。

ざぶとんの願い

お春ばあさんは、今日もえんがわでひなたぼっこをしています。お気に入りの赤いざぶとんの上で、気持ちよさそうにうたたねです。赤いざぶとんは、いつもお春ばあさんといっしょです。

でも、ある日のことです。えんがわにはお春ばあさんはいないのに、赤いざぶとんだけがいました。それで、庭の木に遊びにきていたカラスがたずねました。

「おや、今日はおばあさんといっしょじゃないの？」

「うん、そうだよ。おばあさんはお出かけさ。それも、遠いしんせきの所へ行ったらしいからとうぶんは帰らないみたい」

「そうかい、そりゃあ淋しいね。でも、おみやげが楽しみじゃないか。たくさんもらったらぼくにも少しわけておくれよ」

「うん、わかった。ところでカラスさん、きみに前から聞きたいと思っていたんだよ」

「なんだい？　聞きたいことって？」

「ぼくは空を飛べるきみがうらやましいのさ。どうやったら空を飛べるようになるんだい？」

「ウーン、かなり難しい質問だね。ぼくが空を飛べるのは、ほら、この羽があるからなんだけど」

そう言って、カラスは羽を広げてパタパタさせました。

「ふんふん、なるほどね。羽があるから空を飛べるんだね。じゃあ、どうやったらその羽ははえてくるんだい？」

「ウーン、そう言われてもねぇ。ウーン、困ったなぁ」

カラスは首をぎゅっとひねって、考えこんでしまいました。でも、いくら考えても羽がはえてくる方法が浮かばないのです。そのうち、だんだん日もくれてきます。そろそろ、家へ帰らないといけません。

（あーあ、いくら考えたってざぶとんが空を飛ぶ方法なんてわかんないよ。だって、ざぶとんはざぶとん、人のおしりの下にいたらそれでいいじゃないか）

カラスは、心のなかで思いました。すると、なんだかおかしさがこみ上げてきて笑い出しそうになりました。

でも、あまり本当のことを言うのも気の毒な気がします。

カラスは困って、頭をカリカリかきました。すると、羽が一本ぬけました。

それを見て、いいことを思いつきました。カラスはその羽をざぶとんにさしだして言いました。

「そうだ、きみにこの羽をあげよう。この羽に毎日お祈りしたらいいよ。空を飛べるようにしてくださいって。そうすれば、願いがかなうさ、きっと」

ざぶとんは、うれしくてたまりません。なんどもなんども、カラスにお礼を言いました。

（どうぞ、ぼくにも羽がはえてきますように。お空を飛ぶことができますように）

その日から、ざぶとんは一日じゅう祈りつづけていました。眠るときも、離しません。大切にしっかり、胸にだいて眠るのです。

それから、五日が過ぎました。今日も、朝からとてもよいお天気です。青い空には、雲ひとつありません。

ところが、とつぜん黒い雲があらわれて、みるみる広がっていったのです。そのうち、風もでてきました。ヒューヒューからビュービューと、まるで、台風のような勢いです。

カラスたちは、ふき飛ばされないようにかたまって、木の枝にしがみついています。

ざぶとんは、おばあさんがまだ帰らないので、えんがわに出たままです。怖いけれど、どうすることもできません。ぶるぶる震えていました。

そのときです。ゴーというなり声がして、大きな風が押し寄せました。そのとたん、ざぶとんの体はスーッと軽くなりました。

気がついたら、空を飛んでいるのです。おうちの屋根が見えています。いつも見上げていた柿の木がずっと下のほうで揺れています。

ざぶとんは、思いました。

(そうか、とうとうぼくの願いがかなったんだ。ぼくはいま、空を飛んでいるんだ。なんてステキなんだろう)

ざぶとんはうれしくて、風の中をクルクルクルクルクル回りつづけておりました。

川のなかで

あるところに、小さな村がありました。

村のなかほどに、川が一本流れていました。川には中洲がありました。

そこには年老いたふなが一匹暮らしておりました。

あるときふなが泳いでいると、見なれない魚がやって来ました。

赤と白の模様のある美しい魚でした。

美しい魚は不安な様子で、辺りをきょろきょろとうかがっています。

「どうしなさった？」

ふしんに思ったふなが声をかけました。

美しい魚はどろの中から声がしたものですから、たいそう驚いて尾びれをぴくりと動かしました。

そして、ふなの方をじっと見ていましたが、そこに自分と似た形をした魚がいることに気がつきました。なにせ川の水がにごっていましたし、ふなは黒っぽい色をしていたのでよくわからなかったのでした。

美しい魚は、でも、ふなが親切そうに見えたのですっかりうれしくなりました。

「あなたは誰ですか？ ここでなにをしているのですか？」

それでも少しだけ緊張して、たずねました。

「わしですか？ わしはこの川にすんでいるふなという魚ですわい。ところで、あなたはこのへんじゃあ見かけないけれど、いったいどこから来なすった？」

「わたしは、この川の近くにある池にすんでいる鯉というものです。池のトンネルをたどってきたらここに出ました。見たことのないところにきたものですから、ちょっと散歩でもしようと思いました。それで、わくわくしながら泳いでいましたら、帰り道がわからなくなってしまったのです。おなかもすいてきましたし、どうしたらよいものかと、とほうにくれておりました」

「ああ！ そうだったんですか」

ふなは、わかったとばかりに尾びれをピクンとさせました。

「それで、この辺りをうろうろしておられたのじゃな。それならあなたのすんでいたという大きな池までこのわしが連れていってあげますわい」

それを聞いて、鯉はびっくりしました。

「ふなさん。ふなのおじいさん。あなたはわたしのすんでいたところがわかるのですか！」

「はあ、わかりますとも。わしはずいぶん長い間この川に暮らしておりますもんでな。たいていのことならわかりますわ」

「本当ですか！　わーい、わーい」

「さあ。ついてらっしゃい」

ふなは鯉にくるりと背をむけると、尾びれをふってゆっくりと泳ぎだしました。

鯉はふなのあとからうれしそうについていきました。

池の入り口までのぼってくると、年老いたふなは息がきれてちょっと苦しそうです。

「さあ。着きましたよ。今度からは迷子にならんよう、ようく気をつけなさってくださえよ」

「わーい。どうもありがとう。ふなのおじいさん、おかげで助かりました。ところで、せっかくですからお茶でも飲んでいってくださいな。さあさあ、なかへどうぞ。

おいしい食べ物もありますから」

おいしい食べ物と聞いて、ふなのおなかがグーグーなりました。

そういえばもう何日も食事をしていなかったことに気がつきました。

「いや。そうかい。わるいね。それならちょこっとだけおじゃましようかいね」

ふなが池のなかへ入ると、なんだかからだが楽になったことに気がつきました。

それもそのはずです。池は川のように流れがありません。それに、ふなはつい今しがた流れにさからってのぼってきたのです。

「おお！　これはこれは！　なんとも、ゆったりとしてええ気持ちじゃわい」

ふながすっかりくつろいでいると、

「さあさあ。ふなのおじいさん。たんとお食べくださいな」

鯉がたくさんのごちそうをふなの前に運んできました。

ふなはたいそうよろこんで、そのごちそうを食べました。

むしゃむしゃむしゃむしゃむしゃ食べました。そして何年ぶりかで満ち足りた気分を味わうことができました。

「いやあ。こんなにおいしいごちそうを食べたんは、生まれて初めてじゃよ。たらふく食べて、おなかがはちきれそうじゃわい。どうもごちそうになりやした。ありがとうござんした。それじゃあこのへんでわしはおいとましますわい。鯉さん、たっしゃでな」

ふながそう言って帰ろうとすると、鯉があわてて引き止めました。

「ふなさん。ふなのおじいさん。よかったらここでわたしといっしょに暮らしませんか？　仲良くいっしょに暮らしませんか？」

それを聞いて、ふなはとてもびっくりしました。

本当にこんな天国のようなところで暮らせるならば、それはまるで夢のようです。

あまりに驚いたものですから、年老いたふなはのどが詰まってしまいました。

（コンコン）とせきが出ました。

そのときでした。どろを口から吐いてしまったのです。ふなは、びくっと体を震わせました。

まっさらなけがれのない透明な水のなかに、自分の吐いたどろが黄色くにごって沈んでいきます。それを見たふなは、なぜかきゅうに泣きたくなりました。そして、にごった川のなかほどにあるさびれたわが家が恋しくなりました。

（ああ！ここは、わしのようなものがすむところではないんじゃ。こんなに澄んだきれいな水のなかでどうやって生きていけよう。汚れたわしには汚れた水がおにあいじゃ。いくら腹がすこうとも狭くとも、わしをのびのびいさせてくれるねぐらは、あの汚れた川のほかにあるまい）

いま、そのことに気がついたふなは、にっこり笑って言いました。

「ありがとうよ。そう言ってくださるのは本当にうれしいが、わしはやっぱり川に帰ることにしますわい。わしにとってはあそこが一番ですからの」

そして、くるりと向きをかえると尾びれをふって鯉にさよならをしました。

鯉はなごりおしそうに、いつまでも見送ってくれました。

そして、ようやくのこと川の中洲のねぐらにたどりついたふなは、心からほっとしました。そして、そのまま長い長い眠りにつきました。

その顔はとてもおだやかで、まるでほほえんでいるように見えました。

一株の稲

「やれやれ、これでひとまず刈り終えたぞな」

げんぞうじいさんは、まがった腰をぐーんと伸ばして、ひとりごとを言いました。

そして、首にまいたタオルで流れる汗をふきました。タオルには、刈ったばかりの稲の葉っぱがついているので、ひふがチクチクします。

げんぞうじいさんの田んぼは、山のだんだん田んぼです。小さな田んぼですから、トラクターやコンバインが入りません。

げんぞうじいさんは、春の田植えから秋の稲刈りまでたったひとりでやっています。

家の人たちは、もういいかげん山へ行くのはやめなさいと言います。年を取ったことだし、暮らしも変わったからです。

げんぞうじいさんは今年でちょうど八十です。でも、げんぞうじいさんは山に行くことをやめません。子どものときから、毎日のように山に来ていました。山は、げんんぞうじいさんにとっては生きる張り合いなのです。

げんぞうじいさんは稲をたばねるとリヤカーに積みこみます。

カラスがカァカァ鳴きながら、飛んでいきます。

「ああ、おまえらも山に帰るだか。気をつけてなあ」

げんぞうじいさんは、首だけ空へ向けて言いました。

すっかりリヤカーに積みこむと、辺りはだいぶ暗くなっていました。真っ赤な夕陽が西の空に出ています。山並みが炎のように燃え上って絵のような美しさです。

「ほー、きれいじゃのう。生き返るようじゃ。心が洗われるようじゃ」

げんぞうじいさんは、しばらく帰ることも忘れてたたずんでいました。

赤トンボがいっせいに飛びたっていきました。カサカサカサ。その羽音が拍手のように聞こえます。

げんぞうじいさんも、思わず夕陽に向かって手をたたきました。

「お日さまよーい。きょうは一日ほんまにごくろうさまでしたのー。明日もまたたのみまっせ」

げんぞうじいさんが大声をはり上げたものですから、夕陽ははずかしそうに、ストンと山のかげにかくれてしまいました。

「あいや、こりゃたいへん。遅くなってしもうたばい。ばさまが心配しとるじゃろう。はよ帰らんば」

そう言って、リヤカーを引き引き山をくだっていきました。

ところが、しだいに足元が明るくなるのです。ふっと見上げると、大きなまあるいお月さまがげんぞうじいさんを見ています。

「おお、そうじゃった。今夜は十五夜であったのう。ほほう、こりゃまたみごとな満月が上がったわい。ありがたや、ありがたや」

げんぞうじいさんは、お月さまに向かい両手を合わせておがみました。

そのときです。

(おじいさん。おじいさん)

誰かに呼ばれたような気がしてふりむきました。チンチロリン。リーンリーン。鈴虫が鳴いています。バッタが草むらを勢いよくジャンプしています。でも、誰もいません。

「ははん。空耳かいな」

そう思って歩き出そうとしたときです。

（おじいさん。おじいさん）

またまた声がします。さすがに、げんぞうじいさんもぎょっとしました。ずいぶんあわてて道を急いだので、草に足をとられそうになりました。でも、どうにか無事に家に帰ることができました。


げんぞうじいさんは、早寝早起きです。朝の五時には目が覚めます。毎朝家の周りを散歩するのが日課です。

「さて、今日はどんな一日になるじゃろうか？　楽しみだわい」

今日も良いお天気になりそうです。道端の葉っぱに朝露がついて、キラキラと輝いています。

げんぞうじいさんは、ふと昨夜のことを思いました。（おじいさん。おじいさん）という声が耳から離れません。なんだか、とても気になります。

「あれは、確かにわしを呼んでおったげな。なんじゃろうかいな。行って確かめんことには落ち着けんぞな」

というので、今日も山へ行ってみることにしました。

刈り入れのすんだ田んぼは、床屋さんへ行ったあとのようにさっぱりとしています。

でも、なんとなく淋しいような感じでもあります。

「いやあ、今年も良い出来でよかったわい。じゃが、切り株だけというのもなんとなしに物足りないのう」

げんぞうじいさんは、口笛をふきながら元気に山道を登っていきました。

すると、柿の木の下にある田んぼに黄色い蝶々が群れて飛んでいました。十匹くらいもいたでしょうか。上になり下になりして、同じところをヒラヒラと飛び回っています。

「蝶々も涼しくなったで喜んでおるのじゃな」

げんぞうじいさんはそう思い、立ち止まることもせずどんどん歩いていきました。

そして、大きな木の切り株に腰をおろしました。

「やっぱりここが一番じゃ。さて、ちょっくらひと休み」

そして、ポケットからたばこを出して火をつけます。口をすぼめて、さもおいしそうにフーッと紫の煙をはき出しています。

虫の声がひとしきり大きくなります。見わたすかぎり樹木に囲まれた山々が、どこまでもどこまでも続いています。いちょうやかえでもそろそろ色づきはじめていきます。

「やれやれ、また冬が近いのう。来年もまた来れるといいが……」

げんぞうじいさんは、しょんぼりした様子で背中を丸め、ため息をつきました。

げんぞうじいさんは口では強がりを言っていますが、やはり年には勝てません。ちかごろでは、目がかすんだり体のふしぶしが痛かったりします。

ひと月前には、仲良しのやすきちさんもあの世とやらへ逝ってしまいました。だんだん淋しくなります。しかたのないことではありますが、まだまだ死にたくはないとげんぞうじいさんは思っています。

ふと、冷たい風を感じて空を見上げました。するとさっきまでの青空に雲が出はじめています。

「こりゃあひと雨きそうじゃて。これだからな、秋の空は信用でけん」

げんぞうじいさんは、立ち上がるとこぶしで腰をトントンとたたきました。そして、今きた道をくだっていきました。途中まで来たときです。さっき蝶々が群れていた辺りに子どもらしい姿がありました。

げんぞうじいさんはぎょっとして立ち止まりました。よく見ると黄色い服を着た女の子が、田んぼのあぜ道に腰かけてうつむいているではありませんか。

「おおい、どうしたんじゃ。道に迷ったんかい？」

げんぞうじいさんが声をかけても女の子は身動きもしません。不思議に思いながら見ているとカラスが飛んできて、なんと女の子をくちばしでつつき出したではありませんか。これにはげんぞうじいさん、肝を冷やして転がるように走り出しました。

「これっ、なにをする。しっしっ」

と言いながら、両手をふりまわして女の子の方へとかけよりました。

すると、なんとしたことでしょう。女の子の姿など、どこにもありません。そこには、ただ一株の稲が田んぼのすみっこに倒れかかっておりました。

げんぞうじいさんは、それですべてのことを悟りました。そっと稲を抱き起こすと、片手で株を押さえました。そして腰に下げていた鎌で、さくっとその一株を刈り取りました。

げんぞうじいさんは、その一株を、ふところに赤ん坊を抱くようにかかえました。
そして、しばらくはその場所にじっとたたずんでおりました。

のんきなあじさい

あるところに、一本のあじさいがありました。

それは、民家の庭にありました。

庭には、桜の木や梅の木、それにつつじやばらなど、たくさんの植物が植えられていました。

あじさいは、ちょうど民家の庭と道路を仕切る垣根のすぐとなりに植えられていました。

今年も梅雨の季節がやって来ました。

すると、雨を待っていたかのように、あちこちよそのあじさいは薄青色の花を咲かせました。

ある日のことです。

犬を連れた女の人が、民家の庭の前を通りかかりました。女の人はその場所に立ち止まると、ちょっと考え込むように首をかしげました。

「そういえば、たしかこの辺りだったわ、毎年手毬ほどのあじさいの花が咲いているのを見たのは。でも今年はどうしたことかしら。ひとつも咲いていないわね。枯れてしまったのかしら。それとも切られてしまったのかしら。だとしたらなんとも残念だわ。とてもきれいな花だったのに」

女の人は垣根のなかをうかがうようにしながら、そんなふうに独り言を言いました。

すると待ちくたびれた犬がワンワンと吠えて、女の人をせきたてました。

女の人は犬に引かれるようにして行ってしまいました。

そのときでした。

垣根の向こうのあじさいが犬の鳴き声で目を覚ましたのです。なんと、こののんきなあじさいは春からずっと丸くなって眠り続けていたのでした。

「ファー、よく寝たなあ。それにしてもどれくらい寝ていたのかなあ。もう春は終わったんだろうか」

そんなことを言いながら寝ぼけまなこで辺りをキョロキョロ見回しています。

しかし、最初はなかなか周りの様子が理解できずにいたようでした。

が、はっきりとわかったとたん、びっくりぎょうてんです。

それもそのはずです。桜はとっくに葉桜になっていますし、さつきもあやめもすでに散っているのです。

あじさいがのんきに眠っているあいだに、春はとっくに過ぎてしまったのです。

それどころか、もうすでに夏が始まろうとしているではありませんか。

「なんてことだ。こりゃたいへん。私としたことがすっかり寝ぼうしちまって。どうしよう。困ったことになった。こりゃあ早いとこ咲かないと季節が終わっちまうぞ」

あじさいは大あわてです。もう気が気ではありません。その日から、なんとしても遅れを取り戻そうと、毎日朝から晩まで背伸びをしました。

「うーん。うーん」

ところが、なかなか雨が降ってくれません。雨が降ってくれないと花を咲かせることができないのです。それでも、少しでも降ったときには今までためていた力をふりしぼって、硬いつぼみに栄養を送り続けました。

そんなある日のことです。ついに薄青色の丸い花をひとつだけ咲かせることができたのです。あじさいはうれしくてたまりません。そして、それからはせきを切ったように、どんどん花を咲かせていきました。

ある日のことです。また、あの犬を連れた女の人がやって来ました。

女の人はあじさいが咲いているのを目にすると、とても驚きました。犬もしきりに吠えたてました。それもそのはずです。

枯れてしまったと思ったあのあじさいが、見上げるような大木となっていたのです。

それに、薄青色の大きな花弁が折り重なるようにして道いっぱいに咲いていたのです。

女の人は「ホー」と深いためいきをつきました。そして、いつまでもあじさいの花の揺れる様子を見つめていました。

じっと見つめていると薄青色の花びらが雨のように降ってきて、小さな水溜まりができました。

女の人は小さな魚になって、その清らかな水溜まりをスイスイ泳いでいるような気持ちになりました。

ふしぎな外灯

森の中に小さな公園がありました。

さびたブランコと木のベンチ、それに小さな池がありました。

池には鯉が一匹すんでいました。

ある、寒い冬の日のことでした。辺りがうす暗くなったころ、ひとりの若い母親が赤ん坊を背負ってやって来ました。母親は青白くやつれた顔で、倒れ込むように木のベンチに腰をかけました。彼女は三日前に愛する夫を病気で亡くしました。とても悲しくて、いっそのこと死にたいとさえ思っているのでした。母親はベンチに座ってからもシクシク泣いてばかりです。

ところが、しばらくして母親は驚いたように顔を上げました。なんだか体がホカホカするのです。

「あらら、どうしたことかしら？　お日さまが出ているわけでもないのにひなたぼっこをしているみたいだわ」

不思議に思って見上げると、そこには外灯がぽつんとひとつ灯っているだけです。しかもその外灯は、どこにでもあるような長方形の普通の外灯でした。

ところがその明かりは、まるで暖炉に燃える炎のように、ふっくらとしてあたたかくとぼっていたのです。

じっと外灯を見つめていると、母親はなぜか懐かしさで胸がいっぱいになりました。目を閉じると亡くなった夫の優しい顔が浮かんできます。

（さあ、もう泣かないでおくれ。私はいつもおまえたちを見守っているからね。坊やとふたりで幸せになってほしいんだよ。お願いだから坊やを頼むよ）

どこからか、亡くなった夫の声がしています。しばらくすると、母親は涙をふいて立ち上がりました。頬はうっすらと紅をさしたように赤く、瞳はきらきら輝いて見えます。

（わかったわ、あなた。私もう泣かない。もうだいじょうぶ。だってあなたが見ていてくださる。ひとりぼっちじゃないのね。赤ちゃんをきっとりっぱに育てるわ。あなた、しっかり見ていてよ）

そのとき、目を覚ました赤ん坊が大きな声で泣き出しました。母親は優しく赤ん坊

をあやすと、

「外灯さんありがとう」

そう言ってうれしそうに帰って行きました。

ところで、この外灯を快く思っていない者がありました。それは、池に住む鯉でした。外灯が灯るようになってからは、夜も明るいので熟睡できないのです。

「めいわくだ。めいわくだ」

鯉は外灯をにらみつけて言いました。

そんなとき、外灯は悲しそうにオレンジ色の灯をくもらせるのでした。

月日が経ち、やがて外灯はチャカチャカとしきりにまばたきをするようになりました。寿命が迫っているのです。そしてある夜のこと、ついにプツンと切れてそのままつかなくなってしまいました。

喜んだのは池の鯉です。

「ヤレヤレ、これからはぐっすり眠れるぞ。うれしいな。うれしいな」

鯉はパシャパシャ飛び跳ねて喜んでいます。

と、そのときです。鯉は何かしら強い力に引っぱられて息が苦しくなりました。嫌な予感がします。おそるおそる目をこらすと、やはり恐ろしいことに網にかかっていたのです。実は前から池の鯉を狙っていた者がありました。そして、外灯が切れたのでしめしめと思った鯉どろぼうが、ここぞとばかりに襲ってきたのでした。

鯉は悲鳴を上げました。すると、どうでしょう。なんとそのとき、池一面が真昼のような明るさに包まれたのです。びっくりしたのは鯉どろぼうです。おおあわてで網をほうりだし、そのまま逃げて行ってしまいました。

どうにか網から逃れた鯉はとっさにすべてを理解しました。悲鳴を聞きつけた外灯が最後の最期に力をふりしぼって自分を助けてくれたことを。

「外灯さん、ありがとう」

そう言って鯉は泣きました。

やがてまた新しい外灯が取り付けられ、以前のように明るく照らすようになりました。でも、池の鯉は心の底から喜こぶ気持ちにはなれませんでした。

新しい外灯は、前の外灯と姿形はそっくり同じです。でも、やっぱりどこかが違うのでした。さんぜんと輝く外灯は、あの優しかった外灯ではありません。

鯉はまぶしい明かりを避けるように、岩の陰にひっそりと身をかくしました。

ハエのさいなん

あるところに、一匹のハエがいました。

ハエは朝からなにも食べていませんでした。とてもおなかがすいていましたので、フラフラと飛んでいました。すると、どこからかごちそうのいい匂いがしてきます。

「ごちそうはどこかな？」

羽をパタパタ、目をキョロキョロ、鼻をクンクン。

すると、明かりのついた一軒の家が見えてきました。どうやら、いい匂いはこの家からしているようです。

ハエは、明かり窓からこっそりのぞいてみました。すると、一人のおじいさんがさかずきで、ちびちびお酒を飲んでいます。テーブルの上には、おいしそうなごちそうが並んでいました。

おじいさんは、ごきげんで鼻歌を歌いながら飲んでいましたが、そのうちコックリコックリうたたねをはじめました。

ハエは、（しめた）と思いました。音を立てないように、こっそりテーブルの上へ行きました。そして、さかずきに残っていたお酒をチューチューと飲みました。そのおいしいことといったらありません。ハエは、夢中で飲みつづけました。お酒でおなかがいっぱいです。

「ごちそうさま」

ハエは満足して飛びたとうとしましたが、目が回ってクラクラします。どうやら酔っぱらってしまったようです。でも、のんびりしてはいられません。誰かに見つかったらたいへん。ハエは、ヨタヨタと出口をさがしました。でも、酔っぱらっているためにうまく飛ぶことができません。

スーッという風にも飛ばされてしまいました。気がついたら、なんだか暗くせまいところに入りこんでしまっていました。なんとなく、体に風を感じます。あっちに倒されこっちに倒され、逃げようと思っても足になにかがからみついて動けないのです。

「ハ、ハ、ハックショーン」

大きな音がしたかとおもうと、ハエはものすごい勢いで、また飛ばされてしまいました。

ドサッと落ちたところは、今度も暗くせまいところです。

でも、さっきと違って風もないしあたたかく、足をとられることもありません。

ハエはいい気持ちになって、ウトウトしはじめました。

するとつぜん地震のような揺れを感じて飛び起きました。驚いたハエは夢中で暴れまわります。なんとか、この危険な場所から逃げ出さないとたいへん。

すると、どうでしょう。とつぜん目の前がパッと明るくなったのです。ハエは、ここぞとばかりに明かりに向かって飛びだしました。

スポーンと飛びだしたらかべにゴツンとぶつかり、またまたどこかにスットンと落っこちてしまいました。

「ウーン」

でも、なんだかフワフワしていい気持ち。それに、とってもいい香り。

ハエは今度こそ、朝までぐっすり眠ることができたのです。

さくぞうじいさんは、今日も一日のら仕事。夕飯の晩酌が、なによりの楽しみです。

「ああ、今日も一日よう働いた」

その日も、ちびちびやりながら、いつものように眠りこんでしまったのです。

おばあさんは、早寝早起きで、もうとっくに夢の中でした。

「ヒェー」

というおばあさんの悲鳴で、さくぞうじいさんは目がさめました。そして、あわててておばあさんのところへかけつけました。

おばあさんは大あわて。耳の中になにかが入りこんだというのです。

おじいさんが、懐中電灯を耳に近づけますと、ブーンとハエが一匹飛びだしていきました。


どうやら、ハエが最初に入りこんだところは、おばあさんの鼻のあな。二番目に入りこんだところは、おばあさんの耳のなかだったようです。

そして、幸運にも最後に落っこちたところが、寝室のとなりの客間だったのです。テーブルの上の花瓶には赤いバラの花。そのバラの花びらの、その中だったというわけです。

たいふういっかのゆうえんち

たいふういっかのゆうえんちは、お山のふもとにあります。

メリーゴーラウンドにだいかんらんしゃ。ジェットコースターにブリキのじどうしゃ。なんでもあります。

空からのおきゃくさま。海からのおきゃくさま。森からのおきゃくさま。きょうもたくさんのおきゃくさまがあそびにきています。

いちばんちからのつよいおとうさんたいふうは、ジェットコースターのかかりです。おかあさんたいふうは、かいぞくブランコのかかりです。

それが、ついさっきのことです。なまずのこどもがブランコからおっこちてたいへんだったのです。ぶらんこがいちばんたかくあがったときでした。なまずのこどもは、あんぜんベルトをするりとぬけてじめんにまっさかさま。

さいわい、たいしたけがにはなりませんでしたが、なまずのおかあさんはぴーぴーなきわめき、なまずのおとうさんはおひげをぷるぷるふるわせておこりだし、おおさわぎ。

たいふうおかあさんは、いっしょうけんめいあやまって、どうにかゆるしてもらうことができました。

それで、こんどからはあんぜんベルトをすりぬけてしまうような小さなこどもたちのために、ふくろをつけようとおもいました。あんぜんベルトにふくろをつけて、そのなかに小さなこどもをいれるのです。そして、ふくろのくちをきゅっとむすんだらきっともうおっこちたりはしないでしょう。

こんなふうに、びっくりするようなこともときどきはあります。そんなときは、ひやあせがでます。なんといっても、おきゃくさまのあんぜんがだいいちですから。

たいふうのこどもたちは、まだ小さくて、つよいかぜをおこすことができません。だから、すこしのちからで、うごかすことができるもの、たとえばメリーゴーラウンドやブリキのじどうしゃをたんとうしています。

おもいっきりおなかいっぱいくうきをすいこんで、フーッとはきだします。すると、のりものたちはスーッとうごいて、おきゃくさまはおおよろこびです。

でも、おきゃくさまといっしょになってたのしんでいると、一日があっというまにおわってしまいます。

おひさまは、もうからだはんぶん、お山のかげにかくれてしまっています。そろそろ、おわりのじかんです。

五時五分前になると、おしらせのほうそうがあります。

ピンポンピンポン。

「さあ、きょうはこれでおしまいです。おわすれもの、ございませんようお気をつけておかえりください。またのおこしをおまちしております」

おきゃくさまたちは、なごりおしそうにゲートをくぐってかえっていきました。

それからが、たいふういっかにとっては、またまたたいへんです。ひろいゆうえんちのなかを、きれいにおそうじします。

おもいっきりおなかいっぱいスーッとくうきをすいこんで、フーッとはきだします。そうして、かみくずやジュースのかんなどのたくさんのごみをよせあつめます。

なかには、わすれものなんかもあります。ひしがたもようのハンカチがいちまい。りっぱなかぶとがひとつ。大きなたまごがふたつ。

そんなわすれものを、おきゃくさまにおとどけするのも、たいせつなしごとです。

さて、ひしがたもようのハンカチ。いったいだれがわすれたんでしょう？　よくみると、かめさんのこうらもようです。かめさんはさむくて、こまっていることでしょう。すえっこのフーちゃんがとどけにいきます。

それから、りっぱなかぶとがひとつ。これは、みんなすぐにわかりました。かぶとむしさんのかぶとです。おねえちゃんたいふうのタイちゃんがとどけます。

トントントントン。

「かぶとむしさん、あたまがかるくはありませんか？」

かぶとむしさんは、つくえにむかってべんきょうをしていました。

「ああ！　どうりでなにかおかしいなぁとおもっていました。かぶとをわすれていたんですね。やっぱり、これがないとぼくはだめなんです。とどけてくれて、どうもありがとう」

かぶとむしさんは、よろこんでかぶとをうけとりました。

それにしても、わからないのは、たまごがふたつ。大きなスイカほどもあります。わにさんのたまごかしら？　それとも、きょうりゅうさんのイヤリング？　たいふういっかには、さっぱりわかりません。

おかあさんたいふうが、たまごのからに、みみをちかづけてみました。すると、なかからふしぎなおとがきこえてきました。

ピカドン、ピカドン、ピカドンドンドン、ゴロピカドン。

みんなもかわるがわる、みみをちかづけてみました。

「ゴロ、ピカ、ドンってかみなりさまのおとだよね」

おにいちゃんたいふうのダイくんがいいました。

「あっ、そうだ。きょう、かみなりさまもきていたよ」

じなんのイフくんがいいました。

「そっかぁ、これってかみなりさまのおとのたまごだったんだ」

みんな、いっせいにさけびました。

そうとわかったら、さあたいへん。こんなところでわれてしまったら、みんなのこまくがやぶれてしまうでしょう。

おとうさんたいふうが、たまごをしんちょうにしらべてみました。どうやら、ひびははいっていないようです。みんなは、すこしだけあんしんしました。

そこで、おとうさんたいふうがひとつ、おかあさんたいふうがひとつ、おとさないようにきをつけてもつことにして、てんのかみなりさまのところへ、おとどけすることとなりました。

やれやれ、それにしてもなんてやっかいなわすれものなんでしょう。

こんなふうに、いろんなことがありますが、たいふういっかはこのゆうえんちがだいすきです。おおぜいのおきゃくさまによろこんでもらえることが、とてもうれしいからです。

さるになった男

あるところに、人のまねばかりしている男がいました。

ある日のことです。おばあさんが杖をついて腰を曲げて歩いていました。

すると、その男は、おばあさんのまねをします。杖をつくまねをします。腰を曲げて歩きます。

おばあさんは、とても嫌な気持ちがしました。でも、だまって歩きつづけました。

そして、心のなかでつぶやきました。

（そのうちおまえさんだって、年を取って年寄りになれば、いつだってそんなかっこうさね）

しばらくすると、男は立ち止まって腰を伸ばしています。腰が痛くなってしまったからです。

「こんどは、誰のまねをしようかな？」

男は、あっちを見たりこっちを見たりしてまねをする相手をさがしていました。

すると、大きなビニール袋を持った小学生がおおぜいで歩いてきます。軍手をはめて、道路に落ちているゴミを拾っているのです。

男は、（なあんだ）というように口をチェッとならしました。男がまねをしたいのは、人をからかいたいからなんです。それも、お年寄りとか体のわるい人とか、自分より弱い相手に対してだけです。こわそうな大人とか、よいことをしている人たちのまねなんて、絶対にしません。

それどころか、小学生たちがゴミを拾ってきれいにしていった道路に、男はわざとゴミをまきちらします。たばこのすいがら、みかんの皮、レシートなんかも丸めてポイです。

そのときです。なにか白いものが目の前を走っていきました。それは、白い小さな子犬でした。

「タロー、タロー」

エプロン姿のおばさんが、あわてた様子で犬を追いかけてきます。

男は、すばやくものかげにかくれました。そして、犬の鳴き声をまねしてキャンキャンとほえました。

おばさんは立ち止まり、子犬の名前を呼びながらウロウロしています。

「タロー、タロー。どこにいるの？　お願いだから、早く出てきておくれ」

それを聞いて、男はものかげで笑っていました。

「ゆかい、ゆかい。アハハハハ」

気の毒なおばさんは、とうとう子犬を見つけることができませんでした。

男は、ごきげんでした。誰かが困っているのを見るとうれしくなるのです。

それから、男は近くの動物園へ行きました。小さな動物園ですが、人がいっぱいいました。くびの長いキリンさん、体の大きなぞうさん、きれいな羽のくじゃくさんもいます。そのなかでも、一番の人気は、さるやまのさるたちです。

ぐるりと大きなさくのなかには、おとなのさる、こどものさる、合わせて十匹ほどがいて、石でできた洞くつやお山があります。小さな川も流れています。

男がさくにつかまって、なかをのぞいていると、さるが一匹やって来ました。

さるは、白い歯をむきだしてキーキーいいながら、長い腕で頭をポリポリかきました。その様子を見ていた男は、さっそくまねをしはじめました。

四つんばいで歩いてみたり、胸をこぶしでたたいてみたり、口をモグモグさせてみたりしました。

さすが、ものまねじょうずな男です。どこから見ても、さるにそっくりです。周りで見ていた人たちは、拍手かっさい、おおよろこびです。

男は、いまのいままで、まねをして拍手をしてもらったことなどありませんでした。それで、男はだんだん興奮してきました。貌を真っ赤にして、さるまねを続けています。もはや、さるまねをやめることなどできなくなってしまいました。

すると、どこからか飼育係のおじさんが飛んできて、男をつかまえました。

そして、さるのおりのなかへと押しこめました。

「まったく、いったいどこから抜け出したんだ？　あぶない、あぶない」

たいへんです。まねごとばかりしていた男は、とうとう本物のさるになってしまったのでした。

だいこんのはなし

チュンチュンチュンとすずめが鳴いています。真っ青な空には白い雲が浮かんでいます。

そろそろお歳暮の季節です。

だいこんは、贈り物を持って出かけていきました。冬なので厚着をしたせいで、暑くてたまりません。だいこんは長い道のりをフーフー言いながら汗をかき歩いていきました。

やっとこさ、にんじんの家に着きました。

「こんにちは。ごきげんよう」

「やあやあ、これはだいこんさんいらっしゃい。さあ上がって休んでいってくださいな。寒いのに、ずいぶん汗をかいておられますね」

「はい。わたしはこのところ少し体調が悪くてねぇ。年のせいですかねぇ」

だいこんは、ぜいぜいと肩で息をしながら言いました。

にんじんは、おしぼりとお水を運んできました。

「でもまだそんなお年ではないでしょう？　きっとお家のなかにばかりいるからですよ。あなたは白くてすべすべして美しいけれど、少しは外に出てお日さまに当たるのもいいものですよ。ほれ、わたしを見てくださいよ。毎日毎日外に出ているものだから、日焼けして真っ赤になってしまいました。でも、そのおかげですこぶる元気にしてますよ」

なるほどと思い、だいこんはにんじんの家をあとにしました。

次にだいこんは、ごぼうの家に行きました。

「こんにちは。寒くなりましたね。お変わりはないですか？」

「おやまあ、だいこんさん。久しぶりですね。さあ、どうぞどうぞ」

ごぼうは、たいへん喜んでだいこんを迎えてくれました。そして、熱いお茶を出してくれました。

「だいこんさん。なんだかお疲れのようですね。顔色がよくないようですが、どうされました？」

「はい、じつはわたしはこのところ体調が悪くてねぇ。困っているんです。なにかよい健康法はありませんか？」

「そうですねぇ。こう寒いと体のぐあいも悪くなりますよ。でも、失礼ですがだいこんさん。あなたはちょっと太りぎみではありませんか？　まるまる肥えて見た目もいいですけど、あまり太っているのは体によくないと思いますよ。わたしをご覧なさい。がりがりにやせて見た目はよくないですが、ほれ、こんなに元気ですよ。わたしは若いころからの習慣で毎朝の散歩とラジオ体操はかかしたことがないんですよ。どうです、だいこんさんもやってみられたら」

そう言うとごぼうは、細い腕を曲げて力こぶを作ってみせました。

なるほどなぁと思いながら、だいこんはごぼうの家をあとにしました。

次の日から、だいこんは外に出て日光浴を始めました。一日中むしろの上で体操をしたり、横になったり、棒にぶらさがったりして過ごしました。

そうしていくにちか過ぎたころ、だいこんは飴色の香ばしい干しだいこんになったのでした。

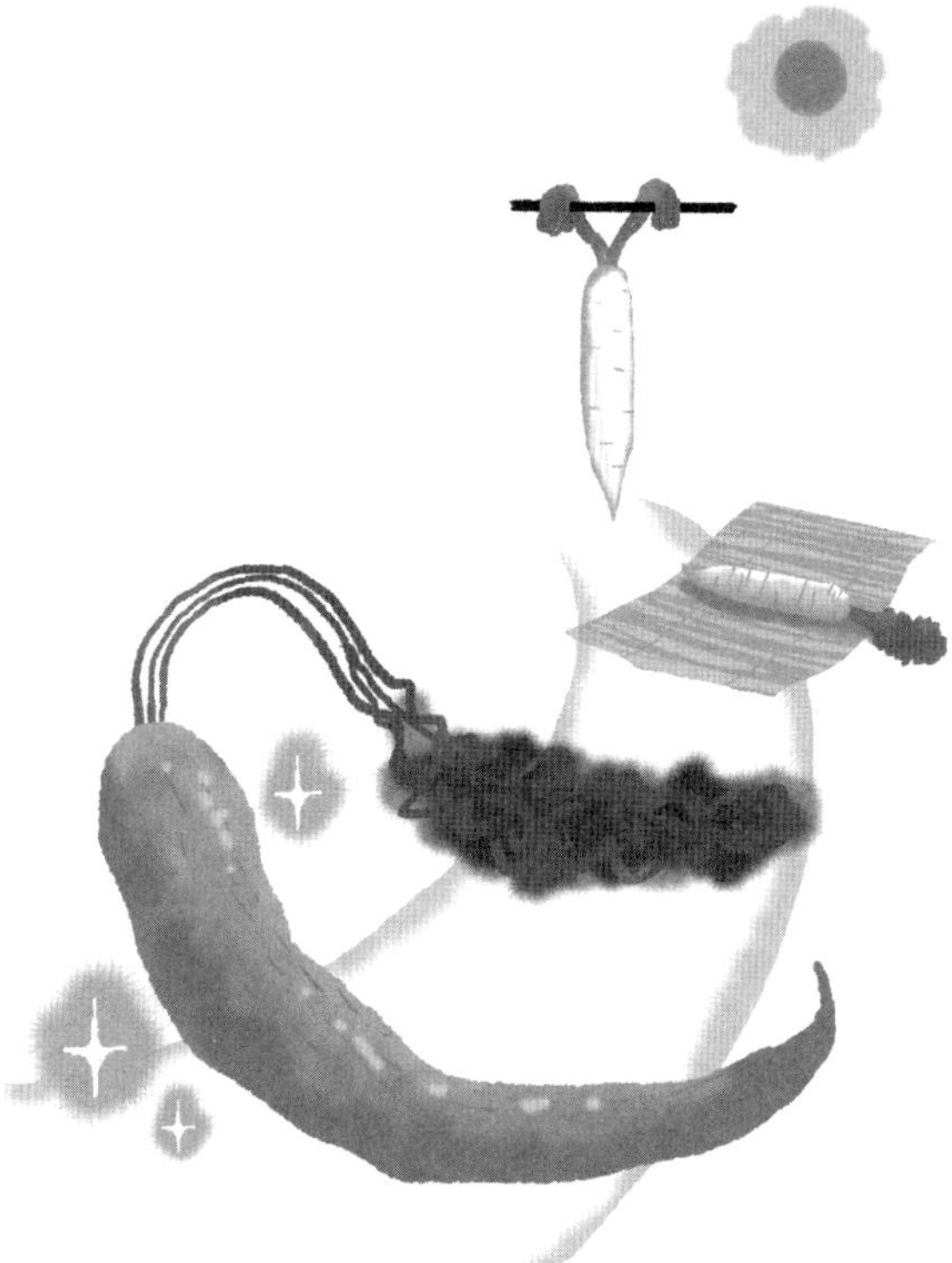

おなべの気持ち

あるところに、たいへんせっかちな奥さんがいました。

奥さんの耳には、どういうわけか、いつも（はやくはやく）という声が聞こえているのです。

「ああ、忙しい忙しい」が、奥さんの口ぐせでした。

今日も、いつのまにか日がくれてしまいました。そろそろ夕ごはんのしたくです。

そのころ、薄暗くなった戸棚のなかでは、おなべがカタカタ震えていました。間もなく、せっかちな奥さんが、やって来るでしょう。そして、手荒くおなべを引きずり出すのです。

奥さんはガチャガチャと、乱暴にガスのコックを開きます。

「今夜は、なにを煮るのかな？」

おなべが不安そうにしていると、次から次へと、いろんなものがどんどん投げこまれてきました。だいこん、こんにゃく、たまごに、結びこんぶ、はんぺんちくわ。どうやら、こんやのごちそうは、おでんのようです。

奥さんは、おなべに向かって言いました。

「さあさあ、はやく煮てちょうだい。ぐずぐずしていたら夕はんに間に合わなくなるよ！　なんたって、あたしは忙しいんだから。言うとおりにしないと、くず鉄にしちまうよ。わかったかい。わかったらさっさと煮ておくれ。ああ、忙しい忙しい」

いつだってこんなふうですので、おなべは気の休まるときがありません。

それでもおなべは、なんとか奥さんの言うとおりにしようと必死です。顔を真っ赤にして力んでみます。あんまり力を入れすぎて、カタカタカタ、ふたが外れてしまいそうです。

すると、あれから五分もしないうちに奥さんが飛んできました。おなべのふたを取ってなかを見て、だいこんを割りばしでつついています。そして、舌打ちをすると、おなべに向かって怒鳴りました。

「なんてことだい。この役立たず。あれほど言っておいたのに、まだ生煮えじゃないか。いいかい。あと五分。五分のうちに煮てしまわないと容赦しないよ。わかったね」

そう言うと、ドタドタドタドタとまたどこかへ行ってしまいました。

おなべは悲しくなりました。涙がポロポロこぼれます。そして、気づいたときには、さあたいへん。なかの具は、すっかり煮詰まって、真っ黒こげになってしまっていたのです。

せっかちな奥さんは、もうカンカンです。おなべはさんざん怒られ、次の日にはゴミ捨て場に捨てられていたのです。かわいそうに、おこげもこびりついたままで〝危険物〟のふだを貼られ、投げ捨てられてしまったのです。

「まったく、あれほど言い聞かせたのにいったいどうしてくれるんだ！　え！　せっかく高い金はらって買ってやったのに。なんの役にも立ちゃしない。この裏切り者の役立たず。できそこないのおろかもの」

奥さんは怒鳴りちらしながら、おなべをつかんで投げ捨てたのでした。おなべは怖くて怖くて、まだ震えが止まりません。

するとそこへ、せっかちな奥さんの、となりの家の奥さんが通りかかりました。そして、ゴミ捨て場に捨てられているおなべを見つけて拾い上げたのです。

「あらあらまあ。もったいない。まだ使えるのにねえ。それにしてもなんていいなべなんでしょう。それなら、私がもらっていきましょう」

おかげで、おなべは命拾いをしました。

となりの奥さんは、せっかちな奥さんとは反対に、とてものんきな人でした。いつもあわてずさわがず、のんびりとしています。

拾われたおなべは、タワシできれいに磨かれました。おこげのあともすっきり取れて、ピカピカのおなべに生まれ変わったのです。

のんきな奥さんは、おなべを大切に扱ってくれました。

のんきな奥さんは「はやくはやく」なんて言いません。もう、おびえることもないのです。おかげでおなべは安心してゆっくりと、野菜やお魚やお肉を煮ることができるのでした。

「このおなべで煮たものは、不思議となんでもおいしいわ。あのとき拾ってきて本当によかったわ」

そう言っていつも、おなべをほめてくれます。おなべはうれしくてたまりません。

いまでもおなべは、こののんきな奥さんの台所で、幸せに湯気を立てながらくらしています。

お月さまとあまぐも

ドーン、ドーン。

小気味よい音を響かせて、花火が上がっています。

「まあ、なんてきれいなんでしょう」

お月さまは、花火を見ながら思いました。赤、青、白、色とりどりの火花が散って、お空いちめん花畑のような美しさです。

次から次へと上がる花火は、そのたびごとに違う花を咲かせるものですから、目が離せません。

お月さまは、大きな目をぱちくりさせながら、うっとりと見とれていました。

と、そのときです。いっしゅん強い風がふいたのでお月さまはびっくりして、かたく目をつむりました。

「また、風さんのいたずらかしら」

お月さまは、そう思いながら目を開けました。

すると、なんとしたことでしょう。大きな黒いあまぐもが、お月さまの目の前にどっかりと、いすわっているではありませんか。

お月さまは、びっくりしてさけびました。

「ちょっと、ちょっと。あんたいったいどういうつもり？　そんなところにいたら、花火が見えないじゃないの。さっさとどいてちょうだい」

すると、あまぐもはぼそぼそと小さい声で言いました。

「だって、そんなことをいわれても、おいら自分じゃ動けない。動いてあげたいけど、体が重くて動けない。次に風さんがふくまで待つしかありません。なんなら、お月さまのほうで場所を変えたらどうですか？」

ところが、それを聞いたお月さまは、なおさらかんかんになって怒りだしました。

「なんですって？　わたしに動けとおっしゃるの。なんて失礼な。わたしは、さっきからずっとここで、花火見物をしていたんです。あとからきたあなたのほうが、どくべきでしょう？　まったくいやになるわ。さあ、わかったらさっさとどいて。花火が終わっちゃうじゃないの」

お月さまにがんがん怒鳴られて、あまぐもは泣きたくなりました。

「だから、動けないって……」

そこまで言ったときです。

ついにこらえきれなくなって、

「ウ、ウ、ウワーン」

とうとう、泣き出してしまいました。

大粒の涙が、ポトポト、ボトボト、ザーザー。

さあ、たいへん。

「キャー、雨だ。雨だ」

花火見物に来ていたおおぜいの人たちは、てんやわんやの大騒ぎです。そしてとうとう、花火大会は中止になってしまいました。

お月さまは、しぶいお顔で雲がくれ。

あまぐものほうはといえば、思いっきり泣いたので、体はすっかり軽くなり、うきうき気分で、どこかへ飛んでいってしまいました。

サヨナラ

ザーザーという雨の音で、私は目覚めた。それにしてもなんてきゅうくつなんだろう。ここはいったいどこ？　しばらくして気がついた。そう、そうだった。ここは学校の図書室じゃないの。

私はたしか、放課後ひとりで図書室に来たんだった。いつもなら友達と一緒だけど、今日は風邪で学校はお休みだった。それでも、いま読んでいる推理小説の続きを読みたくてひとりで来たんだった。

あいにくいつも座る窓際のテーブルはふさがっていた。ほかに気に入った場所もなかったから、ここに入りこんだわけ。本棚と本棚の隙間。

私はなぜか幼いころから狭い場所が好きだった。よくベッドの下や押し入れに入りこんではくつろいでいたものだ。

私がこんな所にいるなんて誰も気づかない、そう思うとなんだかわくわくした。誰にも知られずに図書室のなかが見渡せるなんて、推理小説のヒロインになったみたい。机にかじりついて勉強しているヤツ。ボーッと窓の外を見ているヤツ。テーブルに足をのっけて（けしからん）本を読んでいるヤツ。

知った顔もあれば知らない顔もあった。そんな彼らを観察しているうちに、どうやら眠りこんでしまったらしい。雨の音で目を覚ましたときには、すっかり暗くなっていた。いったいいま何時だろう？

私は本棚の隙間から、もぞもぞと這い出した。そして、一瞬心臓が止まりそうになった。誰もいないと思っていたのに誰かいる。もしかして泥棒？　それとも痴漢？　ドキドキしながら目を凝らせば、ぼんやりとした人影は女子のようだ。ほっと胸をなでおろす。

白いジャージに紺の短パン。ショートカットのやせた感じは、加藤先輩に違いない。そういえば一級上の加藤先輩も図書室の常連だった。話をしたことはないけれど、背が高く美人でなんとなく知っていた。

気配に顔を上げた先輩は、額の辺りを手で押さえている。頭痛でもするのかと思ったら、指の間から赤い血がスッと流れた。私はさらに驚いて図書室の明かりを点けようと思い手を伸ばした。

すると先輩は、とがった声で「やめて！」と叫んだ。

思わぬ言動に驚いた私は、その場に凍りついてしまった。すると、先輩はくるりと後ろを向き優しく諭すように言った。

「悪かったわ。ごめんね。なんともないのよ。先に帰って、私もすぐ帰るから」

私はそれで許しを受けた罪人のようにほっとした。

「さようなら」

私ははじかれたバネのように一目散に廊下を走り、つんのめるようにして階段を駆け下りた。

「サヨナラ」

後ろから、か細い先輩の声が追うように聞こえた。

外に出ると雨は止んでいた。それでも、家まで走って帰った。十分もかからなかったと思う。家で時計を見たらまだ七時前だった。ずいぶん遅くなったと思ったのは天候のせいだった。

でも、家には誰もおらず、テーブルの上に母の走り書きのメモがのっていた。

『用事で留守にします』とあった。

私は手洗いを済ませてから、テレビのスイッチを入れた。

七時のニュースが流れてきた。そして、私は仰天した。

「今日午後六時過ぎ、南中学三年加藤洋子さん、十五歳が、市道交差点を横断中、トラックにはねられ即死……」

アナウンサーの声が深い水の底から聞こえてくるようだった。

どういうこと？　一瞬耳を疑う。あやうく貧血を起こしそうになった。信じられない。じゃあ、あのときの加藤先輩はいったい誰だったの？　腕が震え全身に冷たい汗が噴き出す。

そしてついに、その晩は一睡もできなかった。

翌日、家族も友達も「夢でも見たんじゃないの」と言ってからかった。

でも、あのとき私は加藤先輩に会ったのだ。どうしても気になって、日直の先生に聞いてみた。

「先生が七時に図書室の鍵を掛けに行かれたとき、誰もいませんでしたか？」って。

すると先生はこう言った。

「電灯を点けて確認したけど、誰もいなかったね。ただ、気になることがあったんだ。ドアノブが濡れていたので拭いたら、なんと血だったんだよ。なんだか気持ち悪くてな」

やっぱりって思った。本好きの私には先輩の気持ちがわかるような気がした。先輩は読みかけの本のことが気になっていたに違いない。そして、死んでから図書室にやって来て本を読んだのだろう。はたして最後まで読むことが出来ただろうか。

私はベッドにひざまずき、両手を合わせ、心から先輩のご冥福を祈った。すると、自分でも不思議なくらい、涙があとからあとから流れ出てくるのであった。

チックとタック

むかし、あるところに時計屋がありました。時計屋さんには、チックとタックという二人の息子がいました。

兄のチックは、たいへんなあわてものでした。弟のタックは、たいへんなのんきものでした。兄のチックは、背が高くひょろりとしていました。弟のタックは、背が低く太っていました。

時計屋さんはたいへん腕の良い職人でした。彼の作る時計は、何年たっても正確な時を告げることができました。

しかし、時計屋さんも年を取って、若いころのようには、働くことができなくなりました。そこで、二人の息子を呼んで言いました。

「おまえたち、どちらでもよいが、わしの跡をついで時計職人になってはくれまいか」

すると、二人の息子は声をそろえて言いました。

「いいですとも。わたしがお父さんの跡をついでりっぱな時計職人になりましょう」

それを聞いた時計屋さんはうれしくなって飛び上がらんばかりでした。

そして、さっそく次の日から時計作りの修業が始まったのでした。時計屋さんは、きっかり八時になったら仕事場に来るようにと二人の息子に言いました。二人の息子は「はい。わかりました。八時にまいります」とそろって答えました。

さすがに時計作りの名人は時間にこだわる人でした。八時きっかりに仕事場に現れました。すると兄のチックは、すでに来て待っていました。聞けば、一時間も前から来ているというのです。

「おまえ、早く来るのはいいが時間を無駄にしたらいけないよ。その間にできることがいっぱいあるだろう。時は戻すことができないんだからね」

ところが、せっかちな性分のチックにはお父さんの言葉が拷問のようにさえ聞こえました。チックの頭のなかではたえず（早くしろ。早くしろ）と命令する声が聞こえるのですから。

「さあ、そろそろ始めるとしよう」

時計屋さんが、部品のたくさんのった机にチックを連れていきました。

「でもお父さん、タックがまだ来ていませんよ」

時計屋さんは、しぶい顔をしています。

「まったく、なんてやつだ。初日から遅れて来るなんて。けしからんにもほどがある」

そのときドアがバンと開いて、息を切らしたタックが入ってきました。

「おまえいったいなにをしておるのだ。時計屋になろうという者が時間に遅れてやって来るとはどういうことだ。八時きっかりと言ったはずだぞ」

するとタックは太った体を折り曲げて一生懸命あやまりました。

時計屋さんは、なんだか胸が苦しくなってきました。（大丈夫なんだろうか）という不安な思いで、いっぱいになったからでした。案の定、二人の作る時計ときたらめちゃくちゃでした。いくら教えても、チックの時計は進んでしまいます。反対にタックの時計は遅れてしまいます。

（困った。困った。どうしたものか）

時計屋さんは、頭を抱えてしまいました。いくら教えてもだめでした。何日たっても同じことでした。

ある日のことです。時計屋さんは、気晴らしに酒でも飲みにいこうと思い、二人に後片付けを言いつけて外に出ました。

よく晴れた一日でした。西の空は真っ赤に夕焼けてそれはそれはきれいでした。

ふと、仕事場の方に目をやると二人の息子たちが影になって動いています。兄のチックはせわしなく動いています。弟のタックは重い体を引きずるようにやっとこやっとこ動いています。時計屋さんには、それが長い秒針と短い分針のように見えました。

時計屋さんは、いつになく晴れ晴れとした気持ちになって、いつまでも二人の影を見つめておりました。

次の日から時計屋さんは、一つの時計を二人で作るようにと言いました。チックには秒針を、タックには分針を作るように言いました。

するとどうでしょう。なんと、一日たっても少しもくるわずに時を刻むことができるようになったのです。やっとのこと、なんとかまともな時計が作れるようになったのです。

時計屋さんはうれしくて、二人の息子を抱きしめました。チックとタックも、うれしくてたまりませんでした。

それからチックとタックは二人で力を合わせてがんばりました。そしてお父さんの跡をつぎ、立派な時計職人になったのです。

とっても狭くて広いところ

森のなかに小さな家がありました。

家には、おじいさんとおばあさんがおりました。おじいさんとおばあさんは、一羽の小鳥と一匹の虫と一尾の魚とともに、仲良く暮らしておりました。

小鳥は鳥かごのなかで、ピーヒョロピーヒョロといい声で鳴いては、おじいさんとおばあさんを楽しませてくれました。

魚は鳴きはしませんが、青と赤の縞模様が美しく、小さな水槽のなかで、おじいさんとおばあさんを楽しませてくれました。

ある日のことです。小鳥が遠い目をして言いました。

「わたしはむかし空の上で暮らしていたの。広い広い空の上でよ。どこまでいっても終わりのない空。空はそれほど広いところよ」

それを聞いた虫が虫かごから身を乗り出して言いました。

「おいらはむかし、原っぱに住んでいたんだぜ。原っぱはそりゃあ広かったぜ。どこまで行っても原っぱには終わりがないんだぜ」

　すると、水槽のなかで泳いでいた魚が言いました。

「それなら、ぼくだって言わせてもらうよ。ぼくの住んでいたところは広い海のなかさ。なんといったって海ほど広いところがあるものか。おまえさんたちにも見せてあげたいよ。海を見たらびっくりするさ、きっと」

「いいえ、広いのは空よ。空が一番広いのよ。なんたって空は限りがないんですもの」

「いいや違う。原っぱだね。なんたって一番広いのは、原っぱさ。そうに決まっているさ」

　いつになく家のなかが騒がしいので、おじいさんとおばあさんは、いったいどうしたことかと思いました。そして、小鳥と虫と魚の話を聞いて驚きました。

　次の日、おじいさんとおばあさんは、小鳥と虫と魚に言いました。

「長い間きゅうくつな思いをさせて悪かったね。今からおまえたちは自然に帰って存分に飛び回っておくれ」

　そして、鳥かごから小鳥を放してやりました。虫かごから虫を放してやりました。

でも、海は遠くてとても行けそうもないので魚にはこう言いました。

「いつかきっと放してあげるから、もうしばらくがまんしておくれ」

するとと、魚は首を振って言いました。

「いいえ、おじいさんおばあさん。ぼくはずっとここにいたいのです。これから海に帰っても生きていく自信もありませんし、なによりここが一番気に入っているのです。どうかお願いします。ぼくをこのままここに置いてください」

それを聞いて、おじいさんとおばあさんはたいへん喜びました。だって一度にみんながいなくなってしまったら、淋しくてたまりません。

からになった鳥かごと、からになった虫かごを見て、おじいさんとおばあさんは、そっと涙をぬぐいました。そして、小鳥と虫がいつまでも元気でいてほしいと祈りました。

ところが次の日のことです。羽にけがをした小鳥が、泣きながら戻ってきました。

「おじいさんおばあさん、お願いです。もう一度わたしをここにいさせてください。空は広くても敵がたくさんいます。ここの方がどれほど安心して暮らせることか、そのことがとてもよくわかりました。ごめんなさい。どうかお願いします。わたしをここにいさせてください」

おじいさんとおばあさんは、もちろん喜んで小鳥を迎え入れました。

すると、今度は虫が足をひきずりながら戻ってきました。

「原っぱはとても広くて、どこへ行ったらよいものかさっぱりわからなくなりました。うろうろしていたら大きな虫に食べられそうになり、命からがら逃げてきました。どうかお願いです。おいらをもう一度ここにいさせてください。ここは狭いけれどとっても広いところです。敵にやられる心配もないし、おなかをすかせてひもじい思いをしなくてもいいのですから助かります」

おじいさんとおばあさんは、もちろん喜んで虫を迎え入れました。

そして、おじいさんとおばあさんと一羽の小鳥と一匹の虫と一尾の魚は、いついつまでも幸せに暮らしました。

チョコレートの思い出

甘くてちょっぴり苦いチョコレート。チョコレートを食べるといつも、おばあちゃんとおじさんのことを思い出す。

優しかったおばあちゃんが亡くなってもう十年もたつけれど、やっぱりチョコレートを食べるたび、おばあちゃんのことを思い出す。

東京に住んでいるおじさんは、お父さんのたった一人の弟だ。

おばあちゃんが元気なころ、おじさんはよくチョコレートを送ってきた。母の日、敬老の日、おばあちゃんの誕生日。それに里帰りのときも。

「どうしていつもチョコレートなの」

不思議に思って聞いてみた。すると、おじさんは遠い日を懐かしむように目を細めて話してくれた。

「それはねぇ、ずっとむかし、おれがまだ小さかったころのことさ。あの年は大雪で村のお寺の雪下ろしを村の衆でやることになってな。それでうちからはかあちゃんが行って、そこでお礼にチョコレートをもらってきたんだ。

うちはほら、知っているだろう。とうちゃんが病気で死んじゃっていなかったからさあ。村の決まりで一軒の家から一人出すことになってな。うちはかあちゃんと兄ちゃんとばあちゃんだけだから、村の共同作業にはいつもかあちゃんが行っていたんだ。雪下ろしはなんぎな仕事だかんね、かあちゃんは暗くなってからふーふー言いながら戻ってきたんだ。そして、にこにこしながら『ほれ、みやげだぞ』って言ってもんぺのかくし（ポケット）からチョコレートを出しておれと兄ちゃんにわけてくれたんだ。

黒くて四角くて墨みたいで、なんかまずそうだなあと思って食ったらさあ、それがめっぽうおいしくってさあ。おれが大きな声で『うんめぇ』ってさけんだんだと。かあちゃんも兄ちゃんもばあちゃんも、みんなが笑ったんだって。

それまでチョコレートなんてもん知らんかったでよう。なんせ貧乏だったからなぁ、甘いものなんて食べさせてもらえんかったんだわ。かあちゃんも疲れてしんどかったろうけど、おれたちに食べさせたいばっかりに自分は食べないで持ってきてくれたんだ。それからさ、おれはチョコレートに夢中になってしまったんだわ」

わたしは、うんうんとうなずきながら聞いていた。途中でなんだか切なくなって涙が出そうになった。

おばあちゃんが亡くなったのは、八月の暑い盛りだった。

そのときも、おじさんはチョコレートを持ってきた。おばあちゃんの祭壇には、お花や果物のとなりにおじさんのチョコレートの箱が五、六個重ねられて並んでいた。

お葬式が終わっておじさんたちが帰ったあとの仏間はひっそりして、線香の匂いがしみていた。わたしはお仏壇に飾られたおばあちゃんの写真を見ながら、頭のかたすみではあのチョコレートは冷蔵庫に入れないと溶けちゃうぞなんてことをぼんやり考えていたような気がする。

そのうち、お父さんとお母さんの怒鳴り合う声が聞こえてきた。きっとこのところ、お葬式の準備でたいへんだったから、疲れて気が立っていたのだろう。それに暑かったからなおさらイライラしていたんだと思う。

お父さんが怖い顔をしてやって来た。そしていきなり仏壇の上のチョコレートをわしづかみにして畳に投げつけた。

「あのばかやろう。葬式にまでこんなもん持ってきやがって」

とか言いながら、力いっぱい投げつけた。

するとチョコレートの箱が割れて、中身が畳に散らばった。でも散らばったのはチョコレートではなかった。なんと、それはお札だった。たくさんの一万円札が、畳の上を生き物のようにすべった。

お父さんもわたしもびっくりしてしまった。たしかに、あのおじさんならやりそうなことだけれど、やっぱり「なに、これ」って叫んでしまった。お仏壇のなかのおばあちゃんが笑っている。

横を見ると、日に焼けたお父さんの頬がてらてら光っている。お父さんは声を立てずに泣いていた。

女手ひとつで育ててくれた母親を亡くして、本当はおいおい泣きたかったと思う。でも、親戚の手前、だいの男が泣くわけにもいかず我慢していたんじゃないだろうか。だから、泣くことができて少しは気持ちが楽になったんじゃないかしらと思う。

それにおじさんは、年の離れたお父さんのことを兄というより父親のようにしたっていた。

「兄きはいつもおれをかばってくれた。自分が学校に行けなかった分、働いておれを高校へやってくれたんだ」

そう言っていた。だからきっと恩返しをしたかったんだと思う。

一万円札は二百枚くらいあったと思う。そのお金で大きなお仏壇を買った。

わたしは、毎朝学校へ行く前に必ずお仏壇にお参りをしている。するとおばあちゃんの「気をつけて行ってらっしゃい」の声が聞こえる気がする。

おわりに

24歳で結婚し、子供を3人授かりました。夫は農家の長男で大家族でした。何かともめ事の多い家で、戸惑うことばかりでした。

精神的にも余裕がなくなり、どうにかなりそうになったとき、何とかしなくてはと思い「コスモス文学の会」に入りました。

自分を護れるのは自分しかいない――。私にとっては、書くことが救いでした。少しでも楽しいことを考えようと思い、空想の世界で花や野菜たちと出会いました。空想は子供の頃から大の得意でした。

アイデアが浮かぶと、夜中でも飛び起きて原稿用紙に向かい、気が付いたら朝になっていることもありました。物語は尽きることがありませんでした。

その会もいつしか解散となってしまい、寂しい限りです。

『のんきなあじさい』を出版してから10年以上がたちました。あらためてこれを本書に加え、1冊としました。

手先も生き方も不器用な私を支えてくれたのは文芸でした。これからもかけがえのない友として寄り添ってくれることでしょう。

私は幼少期より引っ込み思案と言われてきました。今も変わらず人との関わりは苦手です。また、10代なかごろまでは腺病質で学校を休みがちでした。

いつだったか学校を休んだ次の日に登校すると、クラスメートが数人私の席に来て、「先生があなたの作文を褒めていたよ。すごいね！」と言ってくれたのです。とても誇らしく、嬉しく思いました。徒競走で1位になったときより、テストで満点だったときより、はるかに嬉しかったことを覚えています。

褒めてもらったことで、自分の存在を認めてもらえたような気がしました。それからは書くことで注目されたいと思うようにもなりました。

学歴のないことでつらい思いをしたこともありますが、いつも書くことで救われてきました。そして、いつか自分の本を出したいという夢を持ち続けて生きてきました。

今回で2回目の自費出版になります。自己満足ですが、とても嬉しく思います。

新潟日報メディアネットの佐藤大輔さんには大変お世話になりました。また、素敵なイラストを提供してくださったイラストレーターさんやデザイナーさん、携わってくださったすべての方々に心より御礼を申し上げます。
僭越ながら、このたびも書店などで本書を販売することに決めました。
何より拙い1冊をお買い求めくださった皆様、本当にありがとうございました。

2024年　初冬

かば　じゅん

著者プロフィール
かば じゅん

本名　樺澤淳子
1954年新潟県柏崎市生まれ。長岡市在住。
趣味は読書、創作、投稿。投稿先は主に新潟日報文芸欄。
2009年に自費出版で創作童話集『のんきなあじさい』を刊行。

心《こころ》の詩《うた》とのんきなあじさい

2024（令和６）年12月18日　初版第１刷発行

著　者　かば じゅん

発　売　新潟日報メディアネット
【出版グループ】〒950-1125　新潟市西区流通3-1-1
TEL 025-383-8020　FAX 025-383-8028
https://www.niigata-mn.co.jp

印刷・製本　株式会社 小　田

ISBN978-4-86132-869-5